Papayas y plátanos

Afrodisíacos, Volume 1

Clementine Lips

Published by Clementine Lips, 2020.

This is a work of fiction. Similarities to real people, places, or events are entirely coincidental.

PAPAYAS Y PLÁTANOS

First edition. October 17, 2020.

Copyright © 2020 Clementine Lips.

ISBN: 979-8215843321

Written by Clementine Lips.

Tabla de Contenido

A Manu, por empujarme a seguir cuando quería darme por vencida. Por creer en mí más de lo que yo creo en mí misma.

Prefacio

Esta colección de relatos nace de mi deseo de juntar aquellas historias que escribí cuando comencé en esta aventura de la erótica. Me lo he pasado genial reeditándolas, observando mi evolución durante este año en el cual he dado rienda suelta a mi creatividad. Escribir me ha cambiado la vida y quería compartir mi proceso de evolución (aunque siga avanzando) con vosotras.

Estas historias me han ofrecido una visión alternativa a la vida a la que me creía destinada, atrapada en un sinfín de incertidumbre y angustia. Sigo en esa vida, pero ahora avisto un camino alternativo, un camino que me permite expresarme, liberarme, y que me ayuda a respirar un poquito más hondo.

Espero que estos relatos os ayuden a evolucionar y a entenderos mejor, igual que me han ayudado a mí. En varios de ellos juego con los roles que entendemos como machistas en la actualidad, intentando darles un giro de tuerca para ver si en esa misma situación hay otra lectura posible, otra configuración que proteja la equidad y el respeto entre los personajes. Mi opinión la tengo clara, pero que cada una llegue a sus propias conclusiones

Y ahora, a disfrutar.

P.D.: quiero avisar de que en la novena historia (Inyección de adrenalina) se hace alusión a un aborto. Es una insinuación, no se habla en detalle de este tema, pero si alguien tiene especial sensibilidad respecto a ello, por favor que lo tenga en cuenta.

Yo, mi, me, conmigo

Fue una semana de mierda. Había estado lloviendo día sí y día también, lo que siempre hace que me baje el ánimo y me cueste concentrarme, y se me acababan los plazos para varios proyectos que saldrían a fin de mes. Además, mis avances con el chico nuevo del trabajo habían sido nulos, cosa que quedó clarificada perfectamente cuando el viernes, a la salida de la cafetería, vino a recogerle su novia. Me alegré mucho por el chico, claro (nótese mi ironía), pero me llevé un chasco en toda regla.

Me fui a casa con mis ilusiones y mi autoestima por los suelos. Todo eso que se dice ahora de que si alguien te rechaza el problema no lo tienes tú y más mierdas positivas de ese estilo que se leen por internet son muy bonitas, pero implementarlas en la práctica... no sé tú, pero yo no lo he conseguido aún. Suerte que ahora existen aplicaciones para engordar el ego de forma instantánea y, si tienes algo más de suerte, un polvo rápido igual también cae. Aun así, decidí posponer mi búsqueda de placer a través del Wifi y mimarme a mí misma ese día. Ya saldría de caza en otro momento.

Cuando llegué a casa dejé las botas tiradas a la entrada, el chubasquero mal colgado y la mochila –una de estas que te dejan juntar tu lado chic con tu lado pragmático– sobre la cama. Ordenar no es parte de mi rutina de autocuidado, la verdad. Pasé por la cocina y encendí el calentador de agua para hacerme una taza de té. Té de manzana, de salvia, de manzanilla, de menta, de vainilla, de anís... Recoger no, pero los tés sí que me relajan, parece. Dejé la manzanilla infusionando, me preparé un bol de yogur y frutas y fui a sentarme tranquilamente en el sofá con las piernas en alto, disfrutando de la comida.

Normalmente me hubiese ido a la habitación para ponerme el pijama, pero eso me haría sentir aún menos atractiva. Desgraciadamente no trabajo en una empresa moderna en la que me dejen elegir libremente mi "uniforme", así que me paso el día con ropa apretada, rígida e incómoda, porque ese es el código de vestimenta. Por el contrario, mis pijamas son holgados, suaves y de todo menos sexis. Así que esta vez, en lugar de cambiarme, opté por desabrocharme el cinturón y la camisa y tirarme a la bartola en el salón. Encendí el televisor, le di *play* al siguiente episodio de la serie que estaba viendo y me dispuse a dejar la mente en blanco.

Mi cerebro, sin embargo, no sentía la necesidad de obedecer a mis deseos. Volvía una y otra vez al momento en el que vi la sonrisa del chaval cuando localizó a su novia a lo lejos, y en cómo me hubiese gustado que alguien me mirase a mí así. No tenía por qué ser él, simplemente alguien. Ese aguijonazo de tristeza fue una llamada de atención; sentí, no el deseo, sino la *necesidad* de que alguna persona me mirase así. Y eso no es demasiado sano. Volvamos a los mensajitos en redes sociales, porque hay uno que encaja perfectamente con mi situación actual: "para estar bien en pareja, primero tienes que estar bien contigo misma". Ese sí que me parece acertado. Y yo no estaba bien conmigo misma por una sencilla y clara razón: no había superado mi ruptura.

Este pensamiento irrumpió en mi mente tan escandalosamente como el primer golpe de la bola de la excavadora que derrumba un edificio antiguo. La bola que destruye algo viejo que parece permanente, la belleza de lo que perdura, aunque sea tambaleándose. El recuerdo idealizado de mi relación era como la fachada de ese edificio; no me dejaba ver el corrupto interior del mismo: las columnas a medio caer, las alfombras corroídas y los muebles desvencijados. Era hora de tirarlo abajo.

No te vengo a contar una historia dramática del que fue el amor de mi vida. De cómo las cosas se torcieron por meras casualidades, no por problemas de raíz. No hay un final feliz en el que vuelvo a contactar con él y durante esta semana de mierda nos reencontramos, aprendemos de nuestros errores y somos felices para siempre. No. Las cosas fueron mal porque no hablábamos de quiénes éramos en realidad. Nos usábamos como desfogue en la cama y pensábamos que nos conocíamos porque sabíamos cuáles eran nuestros colores favoritos, lo que nos gustaba hacer después del trabajo y quiénes eran nuestros amigos. Pero, ¿y nuestras inquietudes? ¿Qué esperábamos de la vida? ¿Qué nos había marcado? ¿Qué pasaba con todas esas preguntas abstractas y atemorizantes que apenas nos hacemos a nosotras mismas por temer las respuestas? Esas se quedaban escondidas, por miedo a ser incomprendidas. Y es por eso que no cogí el móvil y me instalé *Mixn'Match*. Era hora de responder esas preguntas por mí misma y definir, no sólo qué quería para mi futuro, sino a quién quería a mi lado llegado el momento.

Me gusta pensar en caliente, así que decidí darme un baño largo. Abrí el grifo y dejé correr el agua ardiendo, encendí las velas que siempre tengo alrededor y eché mis sales preferidas. Me fui relajando con el sonido que hacía el agua al llenar la bañera. El té y la serie habían quedado olvidadas.

Me desnudé antes de que la humedad hiciese que la ropa se me pegase a la piel. Me miré en el espejo y admiré mis curvas. Adoraba mi cuerpo, pero últimamente lo había ignorado. La ruptura me había apagado la libido y hacía meses que no me tocaba. Pero yo me merecía más que eso; me merecía disfrutar de mí misma.

Al meterme en la bañera noté como me destensaba con tan solo introducir los pies. Era una sensación maravillosa tras estar toda la semana enchepada delante de la pantalla. Al arrodillarme, el calor iba ascendiendo por mis piernas, hasta que llegó a la cintura. Con cuidado, me incliné hacia atrás, apoyando la cabeza en el borde de la bañera con el pecho aún fuera, pero dejando mis brazos finalmente sumergirse. El agua me hacía sentir como si estuviese en una nube, arropada pero voluptuosa y desnuda bajo su manto. Cogí un poco con las manos y me la eché por el pecho. Las gotas me hicieron cosquillas al bajar rodeando la colina de mis pezones, y dejaron un frescor al enfriarse que desbloqueó una serie de recuerdos que pensaba olvidados. Creí haberlos metido dentro de un ataúd bien cerrado, haberles echado tierra encima y, por último, haberles colocado una lápida con un gran D.E.P. en el centro. Pero resulta que los recuerdos no siguen las mismas normas que los mortales y, de vez en cuando, resucitan.

Recordé la última vez que me habían tocado con la delicadeza de esas gotas de agua. No habíamos sabido conocernos, pero nos habíamos querido durante un corto período de tiempo, hasta que se hizo evidente que no sabíamos de quién nos habíamos enamorado. Echaba de menos esa sensación. Necesitaba una recopilación exenta de remordimientos; una película de nuestros momentos íntimos aislada del dolor. Quizá una reflexión sobre mí y sobre, al menos, lo que esperaba en la cama me sirviese de terapia.

Con miedo comedido tiré del carrete de mi imaginación y comencé a recrear esos momentos. Me acaricié los pechos, contemplándolos. Rocé mis pezones con el dorso de la mano y los pellizqué. Cuando retiré las manos, el agua se enfrió de nuevo, endureciéndolos. Me dejé resbalar hasta que sólo quedó mi cabeza fuera del agua. Recordaba cómo sus manos me hacían sentir indispensable, y su boca, irresistible. Mi temperatura estaba subiendo, y no era exclusivamente por el agua. Sin darme cuenta, empecé a acariciarme el vientre con la punta de los dedos, recordando cómo las suyas trazaban mis curvas. Al moverme, generaba pequeñas corrientes de agua que me rozaban como si fuesen más manos deleitándose con mi cuerpo.

En mi cabeza las escenas se sucedían. Ahora él bajaba por mi torso, recorriendo mi abdomen con su lengua, pausando para devorar a mordiscos mis ingles. El vapor se condensaba sobre mi piel y las gotas caían por mi cuello, como caricias mojadas. Abrí las piernas y sentí el agua caliente tocando mi sexo como si fuera su lengua. La humedad del baño y mis dedos me acompañaron en mi fantasía.

Comencé acariciando mis labios, moviéndome despacio hacia el interior. Evoqué la sensación de sus dedos introduciéndose en mí con los míos propios, pero por desgracia me faltaba alguien que me besase entre los pechos como lo hacía él. No iba a ser fácil olvidar su forma de buscarme, encontrando siempre ese punto que me hacía gemir y apretarlo contra mí. Apenas metí yo mis dedos dentro, encontré ese mismo punto y mi espalda se arqueó, pidiendo más. Recordé cómo yo devoraba sus labios cuando él pasaba a tocarme el clítoris con la otra mano. Cómo sabía calcularlo para seguir con la boca lo que había empezado con los dedos en el momento preciso. La mano que no estaba entretenida masajeando mi interior se deslizó hacia mi pequeño bulto de placer. Mordiéndome los labios, comencé a jadear.

En mi memoria se dibujó la imagen de cómo él entraba en mí, tanteando el terreno, y cómo me mordía el cuello cuando yo le rodeaba con las piernas. Aunque habían pasado unos meses desde que homenajeé mi libido por última vez, todavía conservaba algunos de mis juguetes en el cajón, al lado de la bañera. Ahí tenía uno de mis favoritos, sin pilas, perfecto para usar de improviso. Estiré el brazo para sacar el dildo de cristal, que sumergí en el agua tibia para que se atemperase. Necesitaba sentir el sexo lo más parecido a como había sido con él para decirle adiós definitivamente. Con cuidado, mientras emulaba su forma de tocarme, introduje el dildo en mi vagina, jugando con el ángulo para finalmente encontrar la dirección perfecta y actuar sobre esa zona blanda y abultada de mi interior.

La presión que ejercía con el juguete se extendió por mi monte de Venus de una forma difícil de describir. Parecía que mi vagina se expandía a la vez que se contraía, que empujaba contra la punta del dildo y simultáneamente cedía. Esta sensación reclamaba tanto la atención que me costaba mantener mi fantasía a la vez que me centraba en el placer físico. Sin embargo, sabía que para llegar al final, para alcanzar el clímax, debía seguir imaginando.

Solíamos empezar despacio, con besos lentos y profundos, pero pronto subíamos la velocidad y los besos se tornaban mordiscos y lametazos que me hacían desvanecer. Yo echaba la cabeza para atrás, tal y como estaba haciendo ahora en la bañera, para dejar mi cuello expuesto a sus besos y a sus jadeos contra mi piel, porque no se atrevía a gemir en alto. Me centré de nuevo en el recuerdo de su tacto, de su olor, en los sonidos que hacía, esas sensaciones que asociamos con la parte más animal de nosotras. La imagen de su cuerpo moviéndose encima de mí funcionó tan bien como el acto en sí cuando aún le tenía conmigo, y llegué en la bañera con un último gemido. Mi cuerpo quedó laxo en el agua, toda la tensión de esos besos perdidos había sido finalmente exorcizada.

Me quedé un rato así, disfrutando del calor que todavía no se había esfumado y lavé mi juguete y mi cuerpo con delicadeza, sonriendo para mí. Mi frustración del día había desaparecido y estaba segura de que podía afrontar todas esas preguntas que habían quedado en el aire. Iba a estar desaparecida del mercado un tiempo más. Pero, ¿quién necesita una cita con un extraño, cuando la puede tener consigo misma?

¿Quién te ha visto y quién me ve?

Estaba exhausta. Me había pasado dos horas enteras practicando la coreografía para la clase de baile del día siguiente, y sentía una necesidad imperiosa de darme una ducha fría y echarme una siesta. Pero al ir a apagar la música para irme al baño, me di cuenta de que no había sido la única disfrutando del show. Mi vecino, un chaval de mi universidad, miraba por la ventana del piso de enfrente. No soy ni ciega ni tonta, y ya me había dado cuenta de que yo a este tío le molaba. Lo que no me esperaba es que fuese tan poco disimulado. Aunque he de decir que no tenía problema con ello. El chaval estaba de buen ver, y ésta era mi oportunidad para dar el primer paso, porque suponía que él no iba a darlo, ya que no había hecho amago alguno todavía; por el momento estábamos sólo al nivel de saludos por la calle. Así que decidí que era hora de jugar con él un poquito para ver hasta dónde podíamos llegar.

Me quité la camiseta y los pantalones mirándole directamente, para que no hubiese lugar a dudas de que le había visto. Los tiré sobre la cama e hice un amago de salir de la habitación, como si me fuese a la ducha. Inicialmente, había pensado hacerle ese pequeño guiño sólo, para que viese que tenía interés, y después irme sin más, pero se me ocurrió algo mejor. Algo para dejárselo cristalino. Cuando llegué a la puerta, con la espalda hacia la ventana, empecé a moverme al ritmo de la música, esta vez solamente en ropa interior. Movía mi cuerpo haciendo olas sensuales contra la puerta, que rozó contra mis nalgas, haciéndome cosquillas. Descendí hasta el suelo, y volví a subir con el culo echado hacia atrás, acariciándome las piernas.

Me giré y, despacio, con delicadeza, bajé las manos entre mis pechos. Me sentía inmensamente sexy y poderosa teniendo semejante control sobre su deseo cuando apenas me estaba esforzando.

Cuando miré hacia su edificio, vi que había salido de su guarida y se inclinaba sobre la repisa de la ventana con medio cuerpo fuera de la habitación. El deseo de estar en mi habitación era tan intenso que se reflejaba en cada centímetro de su rostro. Sin embargo, me parecía que el encuentro estaba siendo bastante desequilibrado. Gesticulé con las manos para indicarle que se quitase la camiseta también. Le costó unos segundos darse cuenta de lo que quería decir, pero al final la camiseta acabó en el suelo. Sin tener que pedírselo, se quitó los pantalones también. Esto se estaba poniendo serio.

Me quité el sujetador y lo dejé caer al suelo. Inspiró despacio, con los ojos fijos en mis pechos. Metió la mano en los pantalones y empezó a moverla hacia arriba y hacia abajo. Le sonreí y empecé a juguetear con mis tetas, primero acariciándolas por los laterales y después centrándome en los pezones. Su mano aceleró mientras yo me ponía cada vez más caliente. Yo bajé las mías hasta mi tanga y jugueteé un rato con él, bajándolo, tirando de los laterales sin revelar el tesoro que había dentro.

Entendió lo que estaba pidiendo y se quitó la ropa interior, descubriendo su miembro erecto. Me mordí los labios y me di la vuelta, abriendo las piernas ligeramente. Me quité el tanga lentamente, inclinándome hacia delante según iba bajando. Con el dedo índice me acaricié los labios, hinchados por el deseo, desde detrás hacia delante y los abrí. Un escalofrío me recorrió el cuerpo cuando llegué al clítoris.

Me introduje los dedos índice y corazón, todo muy despacio, disfrutando de cada caricia. A la vez rocé mi botoncito de placer con la otra mano. Notaba cómo me iba humedeciendo cada vez más, pero necesitaba estimulación visual para seguir. Me giré para mirar de nuevo hacia la ventana y levanté la pierna para apoyarme en la repisa, preparada para disfrutar de mí misma y de las vistas.

Me llevé una decepción. No había nadie en la ventana. Sintiéndome estúpida, me puse a recoger la ropa del suelo. Entonces sonó el timbre. Frustrada por la situación y porque tenía que ir al telefonillo desnuda, fui hacia la puerta hecha una furia, preparada para contestar con una bordería.

No obstante, cuando cogí el auricular mi enfado se evaporó tan deprisa como había llegado. Desde el otro lado, una voz masculina y falta de aliento dijo:

—Es hora de que dejemos de hacer el tonto, ¿no crees?

Me quedé tan sorprendida que mi dedo permaneció unos segundos flotando delante del botón del telefonillo. ¿De dónde salía esta valentía repentina cuando durante meses lo único que nos habíamos dicho era "hola"? No me había esperado este giro de los acontecimientos, pero quería ver hasta dónde llegábamos aun así.

—¿Hola? —Su voz volvió a resonar en mi oído.

Pensé en el sudor que me cubría de la cabeza a los pies y en el olor del que había podido disfrutar mientras practicaba la coreografía original. Mierda, de todos los días que podía haber llamado...

—Sí, un segundo, ¿te puedes esperar a que me dé una ducha?

—¿Sola? —Un escalofrío me nació desde la coronilla y bajó por mi columna. Se ve que no era hombre de muchas palabras, pero sabía cómo usarlas.

Al fin me decidí a pulsar el botón del telefonillo sin mediar palabra. No hacía falta. Entreabrí la puerta, esperándole detrás, bien tapada por si alguno de los otros vecinos se aventuraba por el descansillo. Apareció por las escaleras, y al ver mi cabeza saliendo por el resquicio de la puerta frunció el ceño, dirigiéndose directo hacia mí. Le dejé pasar, pero incluso antes de haber cruzado el umbral del todo ya tenía la camiseta a medio quitar. Sus ojos me devoraban mientras se apresuraba a quitarse el resto de la ropa.

Yo seguía sin saber muy bien cómo reaccionar, la sorpresa de su iniciativa todavía me duraba. Cuando se irguió, completamente desnudo, fue cuando al fin salí de mi ensimismamiento y la emoción contrajo mi pecho desde el centro, extendiéndose hacia los lados. Estaba segura de que si le intentaba tocar, mis brazos temblarían como si estuviésemos desnudos en medio de la nieve.

Por suerte no me hizo falta eso porque fue él quien se acercó amí y puso los brazos alrededor de mi cintura. Con cautela se acercó a mi rostro y posó sus labios sobre los míos, observando mi reacción. Ese contacto físico fue el último empujón que necesité para salir de mi estupor. Cerré los ojos y me dejé llevar, enredando mis brazos alrededor de su cuello y envolviendo sus labios con los míos. Enseguida sentí cómo él se emocionaba también por cómo su beso pasó de ser casi casto a un beso húmedo y ansioso.

Se me hacía raro tocar su piel nada más empezar, pero era una rareza que culminaba en la excitación de la novedad y la aventura. Fue esa excitación la que me permitió ignorar el olor procedente de mi sobaco durante unos minutos, entretenida por el sabor de su boca y el tacto de su tez. Sin embargo, me llegó una ráfaga que definitivamente no pude ignorar, y cruzando los dedos para que él no hubiese llegado a oler nada, me separé un poco para poder respirar y dirigirle hacia el cuarto de baño.

Cuando llegamos a la puerta dijo con aire algo divertido:

—Ah, que lo de la ducha era de verdad.

No sé qué cable se me cruzó, pero le puse el sobaco en la cara. Él dio un paso hacia atrás, sorprendido. Nos miramos y, yo por su cara y él supongo que por la situación, empezamos a reírnos como bobos. Sin embargo, seguíamos desnudos el uno delante del otro y la risa no duró mucho. Las últimas carcajadas dieron lugar a un silencio algo incómodo que sólo podíamos resolver de una manera, pero aún no estábamos preparados. Él se giró hacia la ducha, encendió el grifo y se metió bajo el chorro de agua, todavía frío. Extendió una mano hacia mí y yo la cogí para no escurrirme al subir a la ducha.

Es curioso como las bañeras son lo suficientemente grandes como para que una persona se tumbe en el fondo, y sin embargo siempre parecen demasiado pequeñas cuando hay dos personas de pie. A duras penas cabíamos bajo el agua, y cruzar de un lado a otro sería deporte de riesgo cuando hubiese jabón en el fondo de la bañera. De alguna forma conseguimos mojarnos, sujetándonos en la pared y el uno en el otro, y me dispuse a enjabonarme el pelo. Cuando fui a echarme el champú en la mano, la suya apareció de repente sobre la mía, robándomelo. Me miró riéndose de mi falsa indignación y dejó caer el jabón sobre mi cabeza.

—Anda, toma, que si no me matas.

Me masajeé la cabeza mientras me lavaba, disfrutando del relajante sonido del crujir de las pequeñas pompas que se forman con el jabón. Él me observaba, hipnotizado por mis dedos. Cuando terminé de limpiarme el cabello entró en acción. Bajó por mi cuello, dándome un masaje superficial desde el nacimiento de mis rizos hasta los hombros. Oí como desencajaba el cabezal de la ducha y el agua caliente empezó a resbalar por mi cuerpo, llevándose consigo las trazas de jabón. Una vez limpia, me giré hacia él.

—Ahora me toca a mí. —Le di la vuelta y le devolví el masaje, pero no paré en los hombros.

Seguí bajando, trazando círculos a los lados de su espalda hasta que llegué a su culo. La emoción me volvió a invadir y nubló mi juicio, haciendo que agarrase sus nalgas impulsivamente, casi como si fuesen una bola antiestrés.

Soltó una carcajada de sorpresa y se volvió rápidamente, y la risa volvió a servirnos de antídoto ante los nervios de la situación. Esta vez el desenlace deseado parecía estar más cerca.

A pesar de tener el pelo y la espalda aún llenos de jabón, mi vecino (cuyo nombre todavía desconocía) se lanzó a besarme con el mismo vigor que en el descansillo. El agua seguía corriendo, cayendo sobre los dos y arrastrando el jabón entre nuestros rostros. Nos separamos en cuanto se coló por los resquicios de nuestros labios, dejándonos un sabor amargo. Entonces él zambulló la cara en el chorro para deshacerse de todo lo que quedaba y yo, que tenía algo menos, cogí agua entre las manos y me la eché por la cara.

Rápidamente terminamos de limpiarnos el resto del cuerpo, prestando especial atención en mi caso a mis partes pudendas, a veces enjabonándonos a nosotros mismos y en otras ocasiones dejando que el otro hiciese el trabajo sucio. Cada vez que sus manos me tocaban sentía esa zona del cuerpo como enardecida, más sensible, y deseaba que sus manos se posaran definitivamente sobre mí y no me soltasen hasta que fuera hora de que se marchase de vuelta a su casa.

Seguimos así, tocándonos bajo el agua durante mucho tiempo, no sabría decir cuánto. Era una forma de conocer el cuerpo del otro, de ver qué zonas reaccionaban a nuestro tacto y cuáles no, pudiendo disfrazar nuestro deseo del acto servicial de limpiar al otro. Pasamos de las zonas más inocentes –la espalda, la cara– a las zonas más sórdidas. Yo seguía centrándome en su trasero, tan maleable, mientras él se enfocaba en mis pechos. Parecía querer trazar un mapa mental de su forma exacta, del ángulo de la curva y el relieve de los pezones. Sin embargo, mi piel no era la única parte de mi cuerpo que ansiaba su tacto y estaba segura de que el sentimiento era mutuo.

Notaba su erección contra mi pubis, perfectamente colocada en el centro. Cabe destacar que dicha erección había estado presente desde el comienzo de la ducha, pero la había estado ignorando por deferencia a él, y por darle un poco más de emoción a la aventura. Parecería que esas muestras de excitación son una declaración clara de intenciones, aunque no siempre es el caso. Y tenerla delante, visible y palpable desde el principio, mata un poco la intriga de dónde se quiere llevar la noche, que para mí es parte fundamental del juego. Un pequeño tira y afloja para ver quién declarará antes que quiere acabar revolcándose entre las sábanas, aunque los dos supiésemos que ambos nos desvivíamos por ese desenlace. Pero era hora de reconocer su presencia.

Con delicadeza para no asustarle, paseé mis dedos por la piel de sus testículos. Inmediatamente, bajó una de sus manos hasta la mía y apretó, dejándome claro que no tenía por qué ser tan cuidadosa a la hora de moverme por esa zona. Sus labios se deslizaron por mi cuello, donde sentía sus resoplidos según iba experimentando con la presión y los movimientos de mis dedos. Entonces bajé la otra mano también a su entrepierna, y empecé a pasearme por su mástil, haciéndole de rabiar.

Su mano liberó la mía y se coló entre mis ingles, pero aquí las mujeres no funcionamos igual que los hombres. Aunque estaba siendo delicado, razón por la cual no me molestaba, no estaba consiguiendo que el roce de sus dedos fuese placentero. Sin duda estaba contribuyendo a mi excitación, pero era más por cómo me imaginaba que sentiría sus dedos si no estuviésemos en la ducha, que por la sensación en sí.

Creo que estaba acostumbrado a reacciones más llamativas, porque al cabo de unos minutos de tantear entre mis piernas, se echó hacia atrás y me miró con el ceño fruncido, evaluándome.

—No está funcionando —dijo.

—Es por el agua, me seca.

Sin necesidad de más información apagó el grifo de un manotazo y se inclinó fuera de la ducha para alcanzar la toalla. Me secó el cuerpo y luego, con unos ligeros toques, secó también mis labios. Después se secó a sí mismo y colgó la toalla para volverse rápidamente hacia mí.

—Supongo que necesitarás algo de lubricante ahora que estás seca. —Me guiñó un ojo y fue descendiendo por mi estómago a besos. Se arrodilló con cuidado y con una mano me separó los labios mayores.

El primer toque de su lengua fue mágico. Me tuve que apoyar contra la pared para mantener el equilibrio. El segundo no se quedó atrás. Lametazo tras lametazo, mi vulva iba recuperando su jugosidad a medida que mi flujo se iba mezclando con su saliva. El placer se intensificaba, puesto que todo comenzaba a resbalar mejor. Cuando me encontré ya jadeando, rodeó mi entrada con el dedo y con ansia moví las caderas para tenerlo dentro. No tardó mucho en introducir el segundo y el tercer dedo.

El placer hacía fácil lidiar tanto con la incomodidad de la postura en la que estaba, como con el frío de las baldosas de la ducha. Sin embargo, para él la posición era bastante peor, y acabó levantándose, aunque con consideración suficiente como para dejar sus dedos en mi interior y sustituir su lengua por el pulgar de la otra mano.

Tras alzarse, colocó su miembro sobre mi entrada, aunque nuestra postura no era la más cómoda para eso. Le paré con una mano en el pecho antes de que siguiese por ahí.

—Prefiero no hacer eso.

—¿Pasa algo?

—No, no, ha estado muy bien —dije, con una sonrisa tonta asomándome a los labios. Se me encendieron un poco los mofletes—. Es que eso para mí es muy íntimo. Y realmente no te conozco.

—Ah, bueno. Está bien, pues... ¿podemos irnos a otro sitio? Es que aquí es un poco complicado maniobrar.

Solté el aire que había estado reteniendo de golpe. Lo rápidamente que pueden tornarse peligrosas las cosas para nosotras es, como mínimo, preocupante. Salí de la ducha y le llevé de la mano hasta mi habitación, desde donde se podía ver aún su ventana que, con las prisas, había dejado abierta.

—¿Quién me hubiese dicho a mí que iba a hacer realidad la fantasía de todo adolescente cuando me mudé aquí? —dijo, riéndose entre dientes.

Para ser un chico bastante tímido, por lo que había podido ver, tenía la sonrisa fácil. Y además era bastante directo. Se había tumbado tranquilamente sobre mi cama y ahora me hacía señas para que me acercase.

—Se me ha ocurrido otra forma de reciprocidad. Ven, siéntate aquí—me dijo, señalando su cara—. Pero mirando para el otro lado. Así.

Bajé mis caderas hacia su rostro, y cuando entré en contacto con sus labios oí un suave ronroneo de placer procedente de entre ellos. Con el mismo deseo, agarré su erección y la incliné un poco hacia arriba, introduciéndola a su vez en mi boca. Todo seguía oliendo a limpio ahí abajo, lo cual me incitó a ensuciarle el máximo posible.

Para darle la lubricación que había tenido en la ducha hice acopio de toda la saliva que pude y la esparcí por la punta con la lengua. Iba despacio porque es difícil concentrarse cuando alguien te está devorando en el otro extremo. Me tapé los dientes con los labios y me lancé a devolverle el favor con entusiasmo. Seguía su ritmo con la mano, que subía y bajaba la piel que rodeaba la erección. Según me iba adaptando a la nueva situación, acompasando mi cintura a su lengua y a mi velocidad, iba llegando más profundo, pero con cuidado de no darme en la campanilla. No queríamos sorpresas.

Jugábamos a imitar al otro, algo así como el juego de los mimos. Cuando empecé a succionar, él hizo lo propio con mi clítoris, si daba vueltas con mi lengua alrededor de su miembro él copiaba mis movimientos en miniatura. Entonces él introdujo de nuevo sus dedos en mi interior, buscando aquello que me sacase la mayor reacción. Ahí me atasqué durante unos segundos, porque yo solo tenía un sitio donde podía introducir mis dedos en su cuerpo, pero no sabía si seguíamos jugando a ese juego.

Todas sabemos que el ano de los hombres heterosexuales –una conclusión que, ahora me doy cuenta, extraje sin tener ni idea– es tabú, y apenas nos conocíamos.Me daba vergüenza leer mal la situación y cortar el rollo de golpe. Sin embargo, me percaté de la tontería que estaba pensando. Estábamos compartiendo una experiencia bastante íntima, ¿y me daba vergüenza preguntarle acerca de lo que le gustaba a él en la cama?

Deslicé un dedo a lo largo de su perineo despacio, para que tuviese tiempo de pararme si hiciese falta. En lugar de eso, abrió más las piernas, dándome espacio de sobra para moverme por su trasero. Antes de nada, decidí escupirme en el dedo. No tenía mucha idea de cómo hacer esto, pero había oído por todas partes que todo lo que tenga que ver con el ano, mejor con lubricante. Entonces procedí a acariciarle el miembro con una mano, mientras dejaba el dedo lubricado inmóvil a la entrada para ir sintiendo su dilatación.

Debía de tener experiencia, porque no tardó mucho en abrirse lo suficiente como para que entrase, despacio. Según fui introduciendo el dedo vi cómo contraía los pies y le oí gemir al otro lado de la cama. Creo que si los hombres supiesen lo sexy que es oírles durante el sexo, se pasarían todo el rato haciéndolo. Emocionada por semejante reacción, aceleré mi actividad alrededor de su pene mientras sincronizaba el dedo aventurero.

El cambio fue brutal. Él también intensificó sus penetraciones, mientras con la otra mano me agarraba del culo, cada vez con más ansia. Me recorría entera, parecía empeñado en ensuciarse completamente de mí, y de vez en cuando su lengua también se aventuraba en mi interior, haciendo la sensación más tirante y más intensa. Cada vez que volvía a mi clítoris, era como saltar una nueva valla en una carrera de obstáculos, acercándome a la meta. Los dos intentábamos movernos lo mínimo para darle al otro toda la capacidad posible de maniobra y exploración, pero teníamos que sacar la tensión por algún sitio. Teníamos los pies doblados en ángulos extraños, con los dedos agarrotados, y respirábamos forzosamente por la nariz.

No sé si fue el culmen natural de tanta tensión, o si fue sentir por primera vez el tope de mis otros dedos —los que no tenía dentro de él— contra sus nalgas, pero en ese momento, salió veloz de mi boca para disparar su líquido blanco al vacío. Redobló sus esfuerzos entre mis piernas en un último sprint antes del agotamiento, aunque yo hubiera apostado por que no era posible mejorar más allá de lo que ya había estado haciendo. Entonces, la emoción del momento, la de todas las novedades que había explorado, me pudo y llegué con un único pero intenso gemido.

Tras unos segundos de pausa escuché su voz reverberando entre mis piernas.

—Perdona, ¿puedes moverte? Es mejor que limpie eso de tus sábanas antes de que se seque.

Me quité de encima para dejarle salir. Todo lo que había pasado me golpeó de repente y me costó unos instantes recuperar la noción de que era yo la que estaba con mi vecino en la cama. Me fui al baño a lavarme las manos y limpiarme un poco la entrepierna, que se había quedado empapada de mis fluidos y su saliva.

—Pareces sorprendida—dijo, cuando volví a la habitación—. Pensabas que era medio mojigato, ¿verdad? Con lo buen chico que parezco... eso es lo que me dice la vecina de mi portal, al menos. ¡La mayor, mujer, no me mires así! Me trata como si fuese su nieto, es un encanto.

Nos quedamos en silencio, algo más cómodos que al principio, pero aún sin saber cómo actuar una vez nos habíamos quitado el sexo del medio.

—Bueno, en fin, si te apetece quedar algún día, ya sabes dónde estoy. Y si no te apetece quedar, pero sí que me pase por aquí como hoy... hazme señas por la ventana.

Y con eso se fue, preguntándome cómo querría verle de nuevo. Porque de que querría verle otra vez, de eso no cabía ninguna duda.

Pasiones ocultas

El pasillo era interminable, o al menos eso le parecía a ella. Habían acordado la cita a las cinco en punto y, pensando que podría encontrar la oficina fácilmente, se había tomado su tiempo bebiéndose el café. Ahora eran ya las cinco y diez y todavía andaba perdida.

Tras unos minutos que le parecieron eternos llegó al fin a la puerta, con la coleta caída y la respiración algo agitada. Tenía que volver a apuntarse a tenis.

—¡Hola! Perdón por llegar tarde, es que... —dijo mientras entraba en la oficina.

La habitación estaba vacía. Sin embargo, había indicaciones de que Matías, su profesor, volvería. Estaban las gafas con las patillas desplegadas sobre la mesa, el ordenador encendido y una nota escrita a toda prisa pegada en la puerta diciendo que el profesor se había tenido que marchar por una llamada urgente, pero que regresaría en aproximadamente una hora. No había hora escrita en el papel, pero Lidia era optimista por naturaleza, así que imaginó que la hora comenzaba según ella había puesto el primer pie dentro de la habitación. Eso le dejaba todo ese tiempo para cotillear a sus anchas. Una hora es mucho tiempo de espera, sobre todo si la otra opción es irse a casa, así que sentía cierta tentación de decir que se merecía esa recompensa.

Lidia colgó su pañuelo de la percha al otro lado de la puerta y empezó a pasearse por la habitación. Una ráfaga de aire cerró la puerta y le llevó una oleada del perfume que le hacía mojarse por la noche al recordarlo. El olor le traía a la mente esas veces en las que Matías se le acercaba para explicarle algo que ella "no había entendido". Se quedó parada un segundo a unos pasos de la entrada, algo sorprendida por la intensidad del deseo que una mera fragancia era capaz de suscitar en ella. Teniendo en cuenta que –según ella– disponía de una hora, igual podría resucitar alguno de los pensamientos menos profesionales respecto a su profesor que se le habían pasado por la cabeza.

Se acercó a la silla del escritorio, una de esas que se hunden tanto al sentarse que parece que te envuelven. Y mientras tanto los estudiantes empollando en las rígidas sillas de la biblioteca. Esta parecía tan cómoda que no pensaba que nadie la pudiese culpar si se sentaba en ella un rato, ¿no? Al acomodarse sobre los cojines, una nueva ráfaga del perfume invadió su nariz. Si la primera oleada de deseo había sido intensa, la segunda la dejó noqueada. Redirigió su atención del presente a sus recuerdos, subyugada por el ardor que la engullía cada vez que le sentía.

Se acordó de aquella vez que él se inclinó sobre la poyata para reparar una de las máquinas que estaban usando en las prácticas, de cómo los pantalones se le habían estirado alrededor el culo y cómo sus brazos se tensaron cuando cerró la compuerta de nuevo. Le hubiese encantado acercarse a él desde detrás para apretarse bien fuerte. ¿Qué habría pasado si hubiesen estado a solas?

Con esta imagen en la cabeza, Lidia se colocó bien en el asiento y se imaginó que no era el sillón lo que la abrazaba, sino Matías, y que ella estaba sentada encima de él en lugar de en su silla de trabajo. Fantaseó con que sentía su aliento en el cuello mientras él se acercaba a besarla. Se le puso la piel de gallina al acariciarse la zona donde el beso imaginario se había posado. Podía sentir como sus pezones se volvían más sensibles, rozando contra el encaje del sujetador.

Lidia no necesitaba mucho tiempo para darse placer, le gustaba ir al grano. Por eso, sin muchos rodeos, se subió el vestido y abrió las piernas. Comenzó a acariciarse y, poco a poco, fue acercándose a las ingles. Se imaginó a sí misma encima de la poyata del laboratorio mientras él se encajaba entre sus piernas, rozando sus zonas íntimas, tan solo separadas por unos pedazos de tela que les cubrirían durante apenas unos minutos más. Sus labios estarían húmedos de saliva ajena, heridos por mordiscos llenos de placer. Le rodearía con las piernas, apoyando las tetas contra su pecho.

Sin darse cuenta, Lidia había apartado sus bragas a un lado y se había mojado los dedos. Solo que en su imaginación ya no eran sus dedos, sino los del profesor. Y los suyos propios los imaginaba entrelazados con el cabello de Matías, en lugar de entre sus piernas. La situación se desarrollaba en su cabeza, sus dedos bajaban por las mejillas del profesor para acabar separándole los labios, preparándolos para un beso profundo. La química que había notado durante las clases se había convertido ahora en una descarga que nacía desde su bajo vientre y le electrizaba todo el cuerpo.

Su fantasía la había vuelto ciega y sorda al mundo exterior, así que cuando oyó la voz del profesor en el pasillo ya era demasiado tarde para fingir de manera convincente que había estado esperando inocentemente en la oficina. En décimas de segundo tuvo que pensar en cómo esconderse y casi ni le dio tiempo a meterse debajo de la mesa del escritorio, que por suerte tenía una plancha de madera en la parte de delante, bloqueando la visión del cuerpo de Lidia.

Oyó al profesor cerrar la puerta y echar el cerrojo. Mierda, ¿qué coño iba a hacer si el tío decidía ponerse a trabajar? Se arrinconó como pudo contra el final de la mesa, intentando ocupar el menor espacio posible. Sus bragas aún estaban desplazadas a un lado, y el frío del suelo se le había colado entre las piernas. Al menos le estaba calmando el calor que había generado, aunque igual salía de ahí con una infección de orina.

Tras unos segundos, las piernas del profesor asomaron debajo de la mesa. Pero no se sentó en la silla donde ella se había estado tocando hacía apenas unos momentos. No se abrió ningún cajón, ni sonó el resoplido del ordenador al despertar de su letargo. No se oyó el ir y venir de papeles en el escritorio. En lugar de eso, sus pantalones cayeron al suelo.

Fue entonces cuando el profesor se sentó en su silla, pero en lugar de ponerse a trabajar, comenzó a acariciarse el miembro a través de los calzoncillos. Lidia vio como empezaba a crecer en respuesta al estímulo físico de sus dedos y quizá también alguno más intangible que estuviese corriendo por la mente del profesor. Sus manos se deslizaron por debajo del bóxer y apareció la punta. Toda la calma que el frío suelo le había transmitido a Lidia desapareció. Sus labios empezaron a mojarse de nuevo y sin poder resistirse llevó sus dedos una vez más a la zona que parecía generar todo el calor de su cuerpo.

Los dedos de Matías se aferraron a los brazos del sillón mientras que con la otra mano se masturbaba. Con la fricción, sus calzoncillos habían dejado de servir como tapadera, y Lidia podía apreciar el miembro de su profesor en todo su esplendor. Mordiéndose los labios, intentó evitar que se le oyese mientras se seguía tocando con la imagen en HD de la polla que tenía justo en frente. Estaba haciendo uso de todo el autocontrol que tenía para resistirse a acompañarle en el masaje que se estaba dando a sí mismo. Como el silencio dominaba la habitación, era fácil escuchar la respiración agitada del profesor, que contribuía a la aceleración de la de Lidia. Se encontraba cerca de llegar y estaba siendo extremadamente difícil mantenerse callada y no dejar escapar el gemido que se estaba cargando al fondo de su garganta. Por primera vez maldijo la facilidad que tenía para tener un orgasmo. Justo cuando parecía que iba a explotar de tensión, algo se cayó delante de ella.

La sorpresa hizo que parase en seco. Lo que se había caído no era otra cosa que el pañuelo que se había quitado antes de dar rienda suelta a su imaginación.

«Mierda, ese es mi pañuelo, ¿y yo ahora qué hago? Porque no me puedo ir sin el pañuelo, eso fijo, que me lo compró mi abuela y no lo voy a dejar aquí así como así...»

Despacio, intentando no llamar la atención, extendió la mano para recogerlo. Quizá dando tirones discretos en el borde podría recuperarlo sin que él se diese cuenta. Pero al llegar a su pañuelo, la mano del profesor apareció para hacer exactamente lo mismo que quería hacer ella. Los dos tiraron al mismo tiempo. El pañuelo se tensó y se relajó a la vez que la sorpresa les envolvía.

«Mierda, mierda, mierda», pensó mientras soltaba el pañuelo rápidamente. «Ahora va a mirar debajo de la mesa, y aquí estoy yo, con las manos en las bragas».

Y, tal cual, el profesor miró debajo de la mesa. Sus ojos se abrieron como platos al ver a la joven de sus fantasías sentada justo en frente o, más bien, justo debajo de él. Después del segundo que le tomó a su cerebro procesar lo que estaba viendo, se levantó de un salto y se subió como pudo los pantalones y la cremallera. Sin embargo, su esfuerzo por vestirse resultaba bastante ridículo, puesto que el bulto de su erección aún era plenamente visible, con o sin ropa. Lidia salió de debajo de la mesa despacio, recolocándose las bragas y bajándose el vestido mientras gateaba. Su coño se contrajo al atisbar el miembro todavía erecto del profesor debajo de los pantalones.

Su pene también reaccionó al ver una esquina de las bragas de Lidia cuando ella se levantó. El montecito que vio entre sus piernas le tentaba tanto que tenía que concentrarse en mantener las manos quietas hasta que por fin desapareció de su vista.

Un incómodo silencio se asentó en la habitación hasta que llegaron a la puerta. Entonces él la alcanzó por encima de Lidia para abrirla. Un detalle amable en otras circunstancias se vio convertido en una tentación muy difícil de resistir. Por un error de cálculo, sus cuerpos estaban ahora muy cerca el uno del otro, el de ella contra la puerta y el de él, sin querer, bloqueando la posibilidad de una escapada limpia y rápida. En su mirada se leía un *quiero, pero no puedo* y la tensión se podía respirar en el ambiente. ¿Quién rompería el suspense antes?

Pues ella. Tenía mucho menos que perder así que tomó las riendas de la situación. En cualquier caso, si su intento fallaba, él no podría decir nada, sabiendo como sabía que le había visto masturbándose con *su* pañuelo.

Con decisión le plantó la palma de la mano sobre los pantalones. Ahí estaba, tieso aún, imperturbable. Todas las advertencias que Matías había ideado se esfumaron. Sólo podía pensar en la mano que le estaba tocando. Su mirada se enturbió. Matías deslizó ambas manos detrás del cuello de Lidia y la atrajo hacia sí. La besó rápido, ávido de sentir al menos una de sus humedades. Su lengua exploró los rincones de esa nueva boca y saboreó las comisuras de sus labios y las grietas nerviosas de tanto morderse pensando en los exámenes. Ella, aún un poco incrédula de que sus fantasías se estuviesen cumpliendo, correspondió subiendo las manos por su espalda y buscando con la lengua el hueco entre sus labios.

Todo estaba yendo muy deprisa. Lo inesperado de la situación les apremiaba a recolectar el mayor placer posible antes de que el otro se diese cuenta de que lo que estaban haciendo era de locos y lo parase inmediatamente.

«Primero coge todo lo que puedas y guárdalo en tu memoria: el olor, el tacto, el calor que emana de cada parte de su cuerpo, para que lo puedas recrear en tu habitación más tarde y termines lo que no deberíais estar haciendo», pensaban ambos, desesperados por terminar y por no acabar nunca.

Las manos de Matías acabaron sobre los pechos de Lidia, recorriendo sus pezones milímetro a milímetro, grabando en su memoria la curva y la suavidad de su piel, aprisionada contra el sujetador y sus palmas. Las de Lidia se dieron un viaje sobre el abdomen de Matías, siguiendo los montes y los valles de sus abdominales, la forma de su pecho y el camino desde sus hombros por su espalda, siguiendo la concavidad de su columna hasta su culo. Ahí frenó en seco y apretó. Con una fuerte exhalación, Matías la aprisionó contra la puerta.

No había sido necesario tocar las zonas íntimas de ninguno de los dos al principio. El aire acalorado que emanaba de ahí abajo era indicación suficiente de lo que estaba ocurriendo. Sin embargo, todo el mundo sabe que la tentación es demasiado grande como para evitar llevar las manos hacia el sur una vez nos hemos despojado de la ropa, y así se encontraron ellos en breve, tras arrancarse la ropa a zarpazos.

Cada uno se concentraba en el otro plenamente. Matías descendió por el cuello de Lidia, besando la vena que palpitaba agitada bajo su piel, y siguió bajando, pasando luego por su tripa en una línea recta: sensual pero directo, rápido, no fuese a ser que su pareja de aventuras decidiese irse en el último momento. Lidia dejó caer la cabeza contra la puerta, con los ojos cerrados, concentrándose exclusivamente en sentir su tacto. Sus piernas se abrieron para recibirle. Primero unos pocos besos en el Monte de Venus, luego un atrevido dedo que se decidía a separar los labios. Después unos besos más abajo, dónde su entrada le aguardaba. Una lengua curiosa comenzó a dibujar círculos tentadores alrededor: primero ahí, en la apertura, y luego más arriba. Estaba llegando al punto clave en el placer femenino.

Lidia le agarró del pelo para guiarle, pero Matías paró. Mantuvo su lengua justo debajo de su clítoris por unos momentos y bajó sin tocarla en su bultito de placer, así un par de veces. Su lengua penetró en su interior y Lidia tuvo que morderse los labios de nuevo para evitar hacer ruido. Un lametazo largo la recorrió desde abajo hacia arriba y al fin la lengua de Matías la encontró. Su espalda se arqueó. Subió la pierna para ponérsela a él sobre el hombro y así facilitarle las maniobras. Primero hubo círculos, luego letras y luego... bueno, ya no podía distinguir lo que él estaba trazando porque no podía concentrarse lo suficiente para seguir todo lo que estaba pasando.

Ya hacía un rato que él había empezado a tocarse. Ella lo sabía porque estaba yendo tan rápido que lo podía oír. Lidia le advirtió que como siguiera así se iba a correr, que sería mejor que parase si quería que pasasen a otra cosa. Pero él siguió, aún más rápido, ávido de su sabor.

«Alomejor no me ha oído», pensó, así que lo repitió, más alto. Pero él, inmutable, siguió. Movía su clítoris con la lengua, arriba y abajo, veloz pero preciso. Elevó su mirada hasta los ojos de Lidia. Eso fue demasiado para ella. Con un gemido asfixiado, llegó. Él siguió un rato más con la cara aún sumergida entre sus piernas pero sin tocar su clítoris. Jugueteaba con sus labios, masajeándolos con su boca y su lengua. Generaba una sensación tan agradable que, en otras circunstancias, probablemente hubiese dado lugar a una segunda ronda de orgasmos.

Lidia podía ver como la agitación iba adueñándose cada vez más de Matías. Los lengüetazos se fueron tornando más amplios y su respiración volvía a oírse a trompicones, como cuando estaba sentado en el sillón. Finalmente se corrió encima de sus manos con un gruñido empañado por el flujo que se había extendido a lo largo de sus labios y su barbilla.

Se miraron el uno al otro unos instantes, todavía groguis por el orgasmo. Ahora tenían que tomar una decisión incómoda: ¿se tenía que marchar Lidia sin que hablasen sobre lo que había pasado, o era mejor discutir cómo actuar a partir de ahora? Fue ella de nuevo quien tomó las riendas mientras se vestían y le preguntó:

—¿Por qué no paraste?

—Eres mi estudiante, estamos en mi oficina, y además no tengo lo que... ejem, bueno, lo que hay que ponerse por precaución. Es peligroso. Pero no podía dejarte ir sin verte llegar. —En sus ojos apareció la misma chispa que al principio del encuentro.

En el umbral de la puerta la llamó una última vez.

—Creo que sería mejor que vinieses otro día para resolver la duda que tenías. Por ejemplo, ¿mañana por la tarde en mi casa? Creo que necesitaremos una discusión larga y profunda.

El profesor cerró la puerta con un atisbo de sonrisa en sus labios.

Boys, boys, boys

Llevaba una encima que casi no me tenía en pie. Habíamos hecho plan de chicas pero rollo *hardcore*, de salir a beber, a bailar y a olvidarnos del jefe, de la compañera de piso pesada, de nuestros padres y de todas las historias que nos amargaban la existencia. Pero me había pasado tres pueblos y había tenido que ir al baño a que se me bajase el pedo. Al salir de nuevo a la pista, me había quedado descolocada. No veía a mis amigas por ninguna parte, así que había dado un par de vueltas a la sala para encontrarlas, pero sin éxito. Tendría que haber ido con alguna de ellas al baño, pero con el mareo que tenía solo podía pensar en llegar de una pieza al retrete para echar todo el alcohol que tenía en sangre.

Había desistido de poder encontrarlas sola, así que me dirigía a la zona de los sillones para descansar un rato cuando vi a una pareja de chicos a los que conocía un poco −eran amigos de una amiga− y me acerqué a ellos para preguntarles si habían visto al resto. Deslizándome entre los cuerpos de la gente dándolo todo en la pista de baile, logré llegar hasta ellos, aunque con el pelo revuelto y salpicada de sudor ajeno. Me puse de puntillas para acercarme a sus oídos y que me oyeran y, en un susurro gritado de esos de discoteca, les pregunté si habían visto a mis amigas. Ellos negaron con la cabeza. A pesar de que iba aún bastante piripi no se me escapó la miradita que se echaron antes de que uno de ellos se me acercase al oído para decirme que por qué no me quedaba con ellos un rato hasta que mis amigas volviesen. Como no veía mucho futuro en buscarlas yo sola, me pareció buena idea quedarme y comenzamos a bailar los tres juntos.

—¿Cómo os llamáis? —pregunté.

—Yo soy Pablo, —dijo el que tenía en frente— y él es Julio —dijo señalando detrás de mí.

Yo sabía por mediación de mi amiga Ana que eran pareja. Sin embargo, la forma en que me miraban parecía indicar otra cosa. ¿Sería esto algún tipo de juego para ellos? Explorar hasta dónde podían llegar con otras personas, pero del sexo opuesto, para mantenerlo a una distancia segura de su relación. O una forma de darle más emoción a los días de fiesta. Fuese lo que fuese, yo estaba encantada de estar en medio. Me parecían muy guapos y, aunque jamás se lo admitiría a nadie, la idea de un trío siempre me había hecho tilín. Y no sabéis el subidón que da que una pareja de chicos te eche el ojo.

Sus cuerpos se apretaban contra mí y algo me decía que no era solamente por lo abarrotado que estaba el bar. Notaba los pantalones de Julio rozándome a la altura de las nalgas, mientras que Pablo se me iba acercado cada vez más. Parecían ir despacio, quizá para que les diese tiempo a medir mi reacción. Pero mi reacción estaba muy clara: por mí podían seguir restregándose todo lo que quisieran, que yo estaba encantada de recibirles. Julio posó sus manos sobre mis caderas y Pablo puso las suyas sobre las de Julio. Se sonrieron y en ese momento me parecieron tiernísimos. Bailamos un rato así, ellos dos rodeándome y protegiéndome de los codazos ajenos y yo, desinhibida, lanzando mis brazos al techo, cantando a pleno pulmón cada canción que sonaba.

—Vamos a un lugar más tranquilo, ¿te parece? —me dijo Pablo muy cerca de mi oído.

En ese momento estaba completamente aprisionada entre sus dos torsos, pero las manos de Julio en mis caderas y la sonrisa de Pablo, que seguía tan luminosa como antes, me relajaban. Sin pensármelo mucho asentí; de todas formas tanto calor y el *bum bum* de la música me estaban empezando a dar dolor de cabeza, a pesar de lo bien que me lo estaba pasando.

De la mano, me llevaron hasta una salita más apartada y oscura y nos sentamos en el sofá que había en una esquina. Ya no me tambaleaba –la escapada al baño y mi nueva aventura me habían despertado de golpe–. Aun así, el alcohol todavía me ralentizaba y aunque seguía el transcurso de los acontecimientos, lo hacía a un ritmo más pausado de lo normal. Si hubiese estado más sobria quizá la mano de Pablo subiendo por mi pierna me hubiese sorprendido menos, pero no era el caso. O alomejor la sorpresa no era la mano en sí, sino lo mucho que me estaba gustando que me tocase. Aunque la acción ya había empezado, había algo que necesitaba zanjar. Ya sé que estamos evolucionando a un mundo sin etiquetas, que nuestra sexualidad no es categórica sino espectral y que además cambia, pero aun así. No me quería ver en medio de un drama si resultaba que eran pareja, lo cual parecía bastante probable, y esto salía mal (o demasiado bien). Al menos quería ser consciente de en qué me estaba involucrando, y no meter la pata por asumir cosas en lugar de preguntar. Así que, tan delicada como siempre, me lancé.

—Una preguntita antes de seguir. Es que Ana me había comentado que sois pareja y ahora no sé si me estaba vacilando o...

—Si, Sonia, Pablo y yo somos pareja, —me interrumpió Julio— pero habíamos pensado que para meterle un poco de picante a nuestra relación nos gustaría indagar un poco más en la sección femenina. Sólo por curiosidad, ¿sabes?

—Y cuando te hemos visto, los dos estábamos de acuerdo en que había que intentarlo —continuó Pablo—. Claro que si tú no quieres paramos ahora mismo. Pero si te apetece... pues bueno, ya tenemos hasta salita "privada".

Su mano se había parado en mi ingle y la estaba notando más que nunca. ¿Me merecía la pena meterme en un lío así? ¿No decían que los tríos podían acabar muy mal? Encima les conocía, aunque sólo fuese un poco, y si la cosa acababa en drama y me los tenía que seguir encontrando cuando quedase con Ana...

Pero por otro lado ya estaba notando que el calor de la entrepierna me iba subiendo por el cuerpo. Los dos chavales estaban para chuparse los dedos y, al fin y al cabo, solucionar los problemas que pudiesen ocurrir después era cosa suya, no mía.

Antes de que la situación se enrareciera por mis rayadas —no sería la primera vez— decidí lanzarme de cabeza a la piscina, y besé a Pablo. Es lo bueno (y lo malo) del alcohol, que la reflexión brilla por su ausencia. El beso, que debido a mi estado de ligera embriaguez no acabó exactamente sobre sus labios, pronto se convirtió en un vigoroso intercambio de lenguas. Julio, también deseoso de poner de su parte, comenzó a besarme y morderme el cuello, mientras sus manos viajaban hasta mis senos y las de Pablo se dirigían hacia la zona de donde manaba mi calor. Sus caricias eran firmes pero delicadas. Sentía cada centímetro de sus manos recorriéndome las caderas y el bajo vientre por encima de la falda, las puntas de sus dedos rozándome la cúspide de la pelvis y el interior de los muslos. Se me despejó la cabeza un poco; supongo que toda la sangre y el alcohol estaban bajando hacia la parte más sensible de mi cuerpo.

No tenía mucha idea de qué hacer con mis manos. No estaba segura de si podría alcanzar a Julio sin terminar en una postura muy extraña, pero al estar ya besando a Pablo, no quería que se sintiera excluido. Tener que darle atención a dos personas era más difícil de lo que había pensado. Me decidí a moverme para besar a Julio y añadir su boca al catálogo de sabores que había experimentado. Le cogí de la nuca y tiré de él hacia mí mientras con la otra mano le agarraba el paquete a Pablo. Un poco burdo, sí, pero es lo que se me ocurrió en el momento con el calentón y la borrachera encima para que ninguno se sintiera fuera de la acción. Julio me devoraba la boca, y Pablo parecía sentirse lo suficientemente mimado. Se echó hacia atrás, apoyando la espalda en el sofá, y se desabrochó los pantalones para que pudiese llegar con más facilidad a su notable erección. Con un suspiro, cerró los ojos y se mordió los labios.

Admito que me lo estaba pasando bien siendo el centro de atención de dos amantes, pero seguía dándole vueltas a cómo prestarle atención a ambos. Decidí que era hora de dar un paso atrás y disfrutar en directo de una de mis fantasías predilectas: ¿cómo sería ver a dos hombres besándose? No los besos castos que ya había visto en la calle, sino besos de verdad, besos apasionados. Salí de entre los dos y me puse de pie en frente del sofá. Con delicadeza para que no se diesen un cabezazo, acerqué sus caras y sin que yo tuviese que explicar nada, entendieron lo que tenían que hacer. Se colocaron cómodamente para mirarse y empezaron a besarse. Con sus cuerpos pegados el uno al otro, se buscaron con los labios y la lengua; un mordisco aquí, una caricia allá. Me arrodillé en frente de ellos y me quité la camiseta lentamente, intentando no perderme nada y no llamar su atención. Estaban en su mundo, tocándose por debajo de la ropa y revelando partes de su torso desnudo con los que tentarme. Podía ver como sus lenguas se entrelazaban en el hueco entre sus bocas. No quería que parasen de ninguna de las maneras.

Le desabroché los pantalones a Julio y les bajé los calzoncillos a los dos para acceder a sus miembros erectos, que parecían necesitar atención. Cogí cada uno con una de mis manos y empecé a masturbarles. Veía como sus glandes desaparecían bajo la piel sólo para reaparecer unos instantes después más brillantes y sonrojados. Todavía con las bocas llenas el uno del otro gemían lo suficientemente alto como para que yo pudiese escuchar sus suspiros. Sus sonidos me ponían la piel de gallina y notaba la humedad entre mis piernas mojándome las braguitas. Estaba angustiada: tenía dos manos, pero sólo tenía una boca y no sabía cómo decidir con quién empezar primero.

Pronto se acabó mi dilema porque Pablo y Julio se levantaron, liberando sus miembros de mis manos, y se quitaron el resto de la ropa. Pablo me tumbó sobre el sofá y su cabeza desapareció por debajo de mi falda en un instante. Sentí como apartaba mis bragas a un lado y su aliento caliente se acercaba a mis labios hinchados de deseo, antes de que la caricia de su lengua me obligase a gemir. Julio se encaramó en mi torso e interrumpió mis sonidos con sus labios.

Estaba desbordada: sentía a Pablo entre mis piernas mientras me liaba con su novio como si no hubiera un mañana. Julio guio mi mano hacia su entrepierna y yo felizmente seguí con la tarea que me habían interrumpido antes. Parecía que a este chico le gustaban los pechos más de lo que había supuesto, porque volvió al ataque, esta vez con la boca. Empezó primero con el pezón derecho, mientras pellizcaba suavemente el izquierdo. Ansioso, cambiaba de pecho en pecho, pero no era suficiente. En un desborde de agitación me juntó ambas tetas para llegar a los dos pezones a la vez y se dio el festín que andaba buscando.

Mientras tanto, el juego entre mis piernas continuaba y yo me acercaba peligrosamente al clímax. Mis gemidos se intensificaron mientras Julio seguía trabajándome los pezones con la lengua. Ya no podía llegar a su miembro, pero necesitaba agarrarme a algo así que le clavé las uñas en la espalda mientras abrazaba la cabeza de Pablo con mis piernas, acercándole más a mí. Mi espalda se arqueó antes de que pudiese decir "para", y llegué. Para dos chicos que acababan de iniciarse en el amor a las mujeres, sabían demasiado de cómo darnos placer.

Me miraron entristecidos. ¿Se había acabado ya la fiesta? Le sonreí a Julio, que era al único al que veía y le empujé suavemente para que se quitase de encima de mí. Una vez aligerada me di la vuelta para colocarme a cuatro patas. Lo entendieron muy rápido. Julio apareció delante de mí y podía sentir el miembro hinchado de Pablo contra mis cachetes y sus manos a los lados, preparadas para guiarse hacia mi interior. Busqué el pene de Julio con mi boca y comencé a chupar, despacio.

Me pregunté qué le pasaba a Pablo, por qué tardaba tanto. Oí un sonido detrás de mí, como un frufrú, y vi volar un trozo de algo parecido a aluminio que reconocí al instante: era el envoltorio de un condón. Yo, aún medio borracha y más cachonda que una mona, me había olvidado por completo de tomar precauciones. Menos mal que no todos andábamos así. Inmediatamente sentí una ligera presión en la entrada a mi coño, anunciándome que Pablo estaba listo. Empujé hacia atrás y sentí como su pene entero entraba en mí. Arqueé la espalda, en parte para facilitar la entrada más profunda, pero sobre todo porque no lo podía evitar; es mi respuesta a la excitación extrema y ahí estaba yo, que me deshidrataba por los bajos de mi cuerpo.

Pablo empezó despacio, lo cual me volvió aún más loca. Podía sentir cada centímetro de su pene entrar, además del tope que hacía su torso contra mi culo, y cada centímetro cuando volvía a salir, dejando solo la punta dentro. Pronto fui acelerando el ritmo, empotrándome contra las caderas de Pablo. Creo que no se caía del sofá porque se había agarrado fuerte de mi cintura, si no hubiese salido volando. El impacto de las penetraciones de Pablo viajaba por todo mi cuerpo hasta mi boca. Era como si les estuviese conectando a los dos, como si se follasen el uno al otro a través de mí. Por muy retorcido que eso pueda sonar, me estaba poniendo a mil.

Mi saliva estaba goteando por el miembro de Julio y cayendo sobre el sofá. El leve sonido de las gotas al caer era inaudible por encima de nuestros gemidos, los suyos bastante más altos, ya que no tenían nada en la boca. Las embestidas de Pablo se estaban volviendo cada vez más rápidas y podía sentir como ellos se acercaban a su orgasmo, así que comencé a acariciarme el clítoris. Todavía seguía mojado de la saliva de Pablo. Había perdido un poco de control al quitar una de las manos del sofá, así que reubiqué mis piernas más hacia los laterales para mantener el equilibrio y poder acompañar a Pablo en sus acometidas, dándome total libertad para acariciarme con desenfreno.

Sabía que me quedaba poco por las corrientes de placer que subían desde mi entrepierna hasta el centro de mi estómago, cada vez más frecuentes y más intensas. Ansiaba la corriente última, la que no se iba a parar en el estómago sino que iba a viajar por todo mi cuerpo como una descarga. Juzgando por la intensidad de sus predecesoras esta me iba a dejar satisfecha durante un buen rato. Tras unos cuantos embistes más llegué de nuevo y en ese momento mis gemidos fueron los más altos, sin importar lo que hubiese en mi boca. Pablo entró una última vez antes de que su semen se chocase contra la barrera de plástico que me protegía. Al notar que Pablo había llegado miré hacia arriba y vi en la cara de Julio que a él no le quedaba mucho más. Efectivamente, en un movimiento rápido, Julio salió de mi boca y se llevó las manos a la polla para seguir con sus manos el trabajo que había estado haciendo yo con los labios.

Una vez hubimos acabado todos, nos sentamos correctamente en el sofá a recuperar el aliento y nos sonreímos: había estado tan bien como lo habíamos imaginado. Ambos miraron sus penes cubiertos de su semilla, y buscaron con la mirada por la habitación algo con lo que limpiarse. Al darse cuenta de que no había pañuelos ni papel por ningún lado, abrieron los ojos como platos. Los tres entramos en pánico. ¿Cómo íbamos a salir de aquí sin dejarlo todo pringado? Corriendo, fui a buscar en los bolsillos de sus pantalones. Nada. Mi bolso, donde siempre llevaba un paquete de clínex, estaba en el guardarropa. Respirando hondo les dije que no se preocupasen y me vestí, lista para abrirme paso a codazos por la discoteca para llegar de nuevo al baño.

Una vez ahí vi la cola que se extendía considerablemente, y sabiendo que podía entrar gente en cualquier momento en la salita donde Pablo y Julio me esperaban —no creía que fuésemos los únicos a los que se les hubiese ocurrido usar ese sofá para las aventuras de la noche— no se me ocurrió otra cosa que fingir una vomitera de espanto para colarme. Como siempre, no había papel en los cubículos, así que hice los amagos oportunos en el váter, tiré de la cadena y salí lo más rápido que pude, rezando por que aun quedase papel de manos al lado de los lavabos. Efectivamente, quedaban unos últimos trozos rasgados, de los que están pegados al cartón del papel. Tiré con el mayor cuidado que pude para no romperlos aún más y me los llevé.

Cuando llegué de vuelta al apartado con el sofá, toda agobiada por si no llegaba a tiempo, Julio y Pablo me esperaban completamente vestidos. Confusa, les miré con el ceño fruncido, intentando ver las manchas de semen que debían de haberles quedado en alguna parte de la ropa. Ambos se rieron de mi confusión y, mirándose a los ojos con una sonrisa pérfida dibujada en el rostro, se lamieron los labios.

Deporte moderado

Había acabado apuntándome a yoga hacía unos meses. El estrés se había instalado en mi vida, parece que para quedarse, y necesitaba algo que me ayudase a relajarme y que me hiciese sentir que al menos estaba esforzándome por cuidarme. Fue una gran idea. Me encanta la clase, siempre me marcho llena de energía y en paz conmigo misma. Bueno, con una extraña mezcla de paz y agitación, la verdad. Y, aunque no lo reconoceré en público jamás, me ha hecho descubrir otra parte de mí que jamás hubiese adivinado. Una parte que no podría haber explorado de no ser por las particularidades de nuestro gimnasio.

Me había hecho amiga de un par de mujeres de la clase y de vez en cuando nos juntábamos en el bar de la acera de enfrente después de la sesión. Cuando llevábamos un par de copas encima siempre salía el tema de la aventura que, estábamos seguras, mantenían nuestra profesora y uno de los entrenadores personales del gimnasio. Le conocíamos porque venía siempre a la misma hora a entrenar con uno de sus clientes delante de la pared de cristal de nuestra sala. Creíamos que, además, se quedaba un par de horas más después, sólo que con otra compañía.

Por las miraditas que se echaban era más que evidente que ahí estaba pasando algo. Eran de esas miradas que pretenden ser discretas, pero no lo consiguen. También le veíamos esperando al lado de las taquillas cuando pasábamos todas en fila de camino a los vestuarios para darnos una ducha y marcharnos a casa. Nuestra clase era la última del día, así que en el bar debatíamos si se marcharían directamente a casa de alguno de los dos, si irían a cenar antes, si sonaría mucho el cabezal de la cama golpeando contra la pared... y si los vecinos les podrían oír.

A pesar de que, como ya he dicho, la discreción no era lo suyo (¿realmente hay alguien que pueda ser discreto cuando está enamorado o enamorada?), se notaba que lo intentaban mantener en secreto. Asumíamos que el gimnasio no permitía las relaciones entre empleados. Y era triste darse cuenta de que tarde o temprano les pillarían, porque si su aventura nos era evidente hasta a nosotras, que sólo pasábamos un par de horas a la semana con ellos, debía de estar muy claro para sus compañeros y compañeras de trabajo.

Uno de esos días en los que íbamos a tomarnos algo después de la sesión de yoga, al entrar al garito me di cuenta de que me había olvidado mi chaqueta en los vestuarios. Así que me marché de nuevo al gimnasio, prometiendo que no era una excusa para darles plantón a mis compañeras y volverme a casa.

Para llegar hasta los vestuarios hay que cruzar por delante de nuestra sala de yoga. Al pasar por ahí esa tarde algo me llamó la atención por el rabillo del ojo y miré hacia dentro. Pude ver dos cuerpos muy cerca el uno del otro en el extremo opuesto de la habitación, contra la pared.

Parecía evidente que pensaban que estaban solos. Él ya había perdido la camiseta en algún punto de la sala, pero ella aún conservaba su sujetador deportivo. Se besaban apasionadamente, el cuerpo de ella aprisionado entre el torso desnudo de él y la pared. Quizá me hubiese alarmado si no fuese porque las manos de ella recorrían la ancha espalda del hombre, bajando hasta su culo y apretándole contra sí. Las manos de él se enredaban en el pelo de la profesora, dejando la coleta que solía llevar para dar la clase medio deshecha. Los dos parecían muy contentos de estar ahí.

Ella subió una de las piernas hasta la cintura del entrenador y se sujetó a su cuello. Él estaba claramente excitado por cómo se estaba desarrollando la tarde y bajó las manos hasta su pecho para acariciarle las tetas y masajearle los pezones a través de la tela del sujetador. Ella inclinó la cabeza hacia atrás mientras gemía. El sujetador desapareció rápidamente, dejando sus pechos al aire listos para que él bajase y los lamiese.

Se separaron de la pared y ella le empujó sobre una de las esterillas de yoga que quedaban sin recoger. Le sujetó las muñecas contra el suelo mientras apretaba sus caderas con la pelvis, inmovilizándole. Ahora que estaba bajo su control le pasó los pezones por la boca, lo suficientemente cerca como para que rozasen sus labios, pero lo suficientemente lejos para que no pudiese cazarlos al pasar. Se veía cómo la frustración del entrenador iba en aumento cada vez que intentaba retenerla sobre su boca. Ella simplemente sonreía, y mientras tanto sus pechos seguían pendiendo por encima de él. Sin embargo, no era él alguien que tendiese a resignarse, así que cuando se cansó de ese juego de tentación giró ambos cuerpos con un fuerte impulso, como si fuesen uno solo. Inmediatamente tras colocarse encima agarró ambos pechos y los movió hacia el centro, juntándolos, y comenzó a succionar ambos pezones a la vez, dando rienda suelta a su pasión.

A continuación descendió por los abdominales de nuestra profesora con besos, lametazos y pequeños mordiscos a la altura de las caderas, y le abrió las piernas. Las mallas, que ya tenían una mancha húmeda más oscura en la entrepierna, tenían que desaparecer, así que se levantó ligeramente para que ella pudiese alzar las caderas y bajarse los pantalones. Después se deshizo del pequeño trozo de tela que constituía su ropa interior, un tanga negro. La ola de deseo que le recorrió al verla desnuda se reflejó en la forma que tenía de morderse los labios; sin lugar a dudas tenía mucha hambre de ella.

Despacio, mirándola a los ojos, se inclinó hacia su sexo. Empezó por besarle con mimo los labios, a lo que ella respondió con un suspiro. Sacó la punta de la lengua y dio una vuelta alrededor del caliente agujero en el que deseaba adentrarse. Ella gimió de nuevo, incluso más fuerte esta vez, y arqueó la espalda. Sus labios envolvieron su clítoris y comenzó a trazar círculos con el ligero roce de su lengua, mientras abría sus piernas aún más. Ella comenzó a mover las caderas y sus manos viajaron hasta sus pechos para pellizcarse los pezones. Con una mano, él abrió los labios de la vulva para poder sumergirse en ese húmedo paraíso, mientras que con la otra deshizo el nudo que le sostenía los pantalones en su sitio.

Alcanzó su miembro erecto a la vez que le daba un par de lametazos más intensos en el coño, siguiendo la velocidad a la que se acariciaba la erección. Ella le vio y quiso levantarse para ayudarle, pero él la empujó de nuevo hacia abajo mientras la miraba con una sonrisa pícara en los labios. Entonces trazó con sus dedos una línea por encima de sus curvas hasta llegar hasta donde estaba su lengua y los introdujo en su interior. Ella le agarró la cabeza y la apretó contra sí mientras sus gemidos subían de tono. Él continuó moviendo sus dedos a la velocidad de su propia estimulación.

Sabiendo que si no paraba en breve ella llegaría en cualquier momento, la sujetó de las caderas y le dio la vuelta. Le pidió –sí, parece que las paredes de cristal son malas para la privacidad tanto auditiva como visual– que se inclinase hacia delante para poder visualizar dónde colocar su miembro.

Él siguió acariciándole el clítoris mientras la penetraba con sus dedos, pero ella no podía aguantar más, así que estiró su brazo hacia atrás para intentar llegar a su miembro, que estaba rojo y necesitado de su calor. Retrocediendo hacia él, lo introdujo dentro de sí misma a la vez que echaba la cabeza para atrás, disfrutando de cada sensación.

Él cerró los ojos y gruñó. En los milisegundos que ella le permitió quedarse en su interior, agarró a su pareja de los cachetes con deseo, intentando acaparar el máximo de carne que podía. Sin embargo, ella comenzó a moverse y él perdió la concentración, de forma que ella se escapó de entre sus dedos. Logró sujetarse de nuevo de sus caderas para tener más impulso y llegar lo más profundo que podía, mientras ella tomaba las riendas de su placer y comenzaba a tocarse. Después de unos minutos, ella se echó hacia delante y se dio la vuelta rápidamente. Le empujó de nuevo contra la esterilla, y se subió encima de él, recuperando su balanceo rápidamente. Él le seguía el ritmo, levantando las caderas para colisionar con ella cuando bajaba, haciéndolo todo más intenso. Ella seguía preocupada de su placer, tocándose, mientras él la sujetaba de las caderas, acariciando la silueta del hueso que se veía cuando su cuerpo se arqueaba de placer.

Se devoraban con los ojos mientras follaban, hasta que ella, llevada al límite de tanto cabalgar, echó la cabeza hacia atrás y llegó tras las dos últimas embestidas. No había forma de confundir lo que había pasado; sus gemidos resonaron por el pasillo tan fuerte que me asusté de que alguien más los oyese y viniese a ver qué pasaba, descubriendo no sólo a una pareja haciéndolo en una de sus salas, sino también a mí mirándoles.

Cuando él la oyó, la levantó con urgencia. Su cara de alivio al comprobar que salía a tiempo fue un cuadro. Al ver el semen brotar sin condón que lo retuviese, crucé los dedos por que los dos supiesen del estatus de ETS del otro. Fue entonces, con ese pensamiento tan clínico instaurado quizá durante la carrera de medicina, cuando el hechizo se rompió y me di cuenta de que había estado espiando a dos personas en uno de sus momentos más íntimos. Con la cara roja de vergüenza, me fui del gimnasio, olvidándome por segunda vez de mi chaqueta. ¿Y ahora qué les iba a contar a mis amigas en el bar?

Los detalles de mi aventura en el laboratorio

Archivar las fotos en el microscopio estaba siendo más difícil de lo que había supuesto en un principio. Lo había intentado varias veces, pero los archivos se guardaban siempre en un formato que era ilegible en cualquier ordenador que no tuviese la licencia del programa, o sea todos menos el del propio microscopio. Teniendo en cuenta que ya era difícil conseguir hueco para escanear las muestras, reservar un par de horas para el análisis sería imposible.

Había seguido los pasos que me habían explicado para configurarlo, de forma que después de tomar cada foto, éstas se guardaban automáticamente, o eso pensaba. Y, sin embargo, en algún sitio algo estaba fallando, obviamente, pero no sabía qué. Desesperada, por fin me había atrevido a pedir ayuda a uno de mis compañeros de departamento.

Puesto que era un doctorando de último año que había utilizado ese microscopio durante los tres últimos semestres de su proyecto, era la mejor persona a la que pedirle ayuda, pero mi timidez me había hecho retrasar la conversación lo máximo posible. A decir verdad, si hubiese sido cualquier otro compañero o compañera probablemente le hubiese pedido ayuda tras un par de pruebas infructuosas, pero era él. Me gustaba tanto que me ponía nerviosa sólo con pensar que tenía que acercarme a él, o sea que ni se me pasaba por la cabeza dirigirle la palabra. Me bastaba con otearle por el pasillo. Probablemente no le molestase si le pidiera ayuda, pero sólo pensar en que se me escapase algún comentario inapropiado, o que viese a través de mi fachada de neutralidad, hacía que me palpitase el corazón y me sudasen las manos; había visto los intentos fallidos de flirteo de otras compañeras y prefería esta ambigüedad a la certeza de que no había nada que hacer, así que le había dejado tranquilo hasta ese momento.

Pero ahora no me quedaba más remedio que preguntarle, porque necesitaba esas fotos para la conferencia que se avecinaba. Por suerte, me dijo que no tenía ningún problema en ayudarme, así que quedamos en que me echaría una mano a la mañana siguiente. Ay, si hubiese sabido que esa mano iba a ser muy, pero que muy literal creo que no hubiese podido llegar hasta el laboratorio esa mañana.

La sala del microscopio estaba en el sótano del edificio, aunque decir sótano es quedarse corta. Parecía un búnker. Para llegar había que recorrer un pasillo larguísimo y después bajar varias escaleras, cada una protegida con una puerta chirriante que había que abrir con llave. El ascensor ni siquiera llegaba hasta esa planta. Todo el camino estaba iluminado con luz artificial, si tenías suerte y se habían acordado de cambiar las bombillas, y era frío y húmedo. Cada vez que bajaba a esa sala me sentía como si estuviese en una película de terror; mi cuerpo se tensaba al imaginarme a un zombi saliendo de detrás de una de las puertas grises en los laterales del pasillo.

Pero, por suerte, eso nunca había pasado y ese día no fue una excepción. Bajé antes de la hora acordada para preparar todo y esperé a que él llegase. En contraste con el camino hasta la sala, ahí dentro hacía bastante calor, así que me quité la chaqueta. Siempre la guardaba en la oficina para los días en que regulaban el aire acondicionado a un nivel tan frío como el del exterior en invierno. No había pensado en ponerme un sujetador porque no creí que fuese a hacer tanto calor, así que llevaba puesta tan solo una camiseta, a través de la cual podían apreciarse mis pezones en perfecta definición. Debe ser que los diseñadores de ropa creen que las mujeres no pasamos frío ni tenemos derecho a la privacidad de nuestro cuerpo a no ser que les compremos a ellos (menuda sorpresa) cachos extra de tela. En fin. Puesto que el trabajo de microscopio teníamos que hacerlo en la oscuridad para evitar afectar a la fluorescencia de las muestras, crucé los dedos para que mis pezones pasasen desapercibidos.

Coloqué las muestras bajo el objetivo de la máquina y apagué la luz, previendo que mi compañero debía de estar al llegar. Y no me equivocaba. Un toque en la puerta anunció su presencia. Asomó la cabeza tímidamente por el resquicio. Nos saludamos un poco incómodos, pero entró y se sentó en la silla que había a mi lado. Empezó a hacerme preguntas sobre mis muestras y qué tipo de imagen quería guardar. Aunque estaba intentando prestar atención, no podía parar de pensar en lo fácil que sería liarse en esta habitación sin que nadie lo supiese. Habíamos reservado la sala para todo el día, puesto que debía registrar varias muestras lo antes posible, así que era muy poco probable que alguien viniese a interrumpirnos. Sus labios se seguían moviendo mientras mis ojos se centraban en ellos, y no en lo que decían. Eran labios bastante jugosos para ser de un hombre, rosas y con una pinta deliciosa. Estaba haciendo uso de todo el autocontrol que poseo para evitar que mi lengua se deslizase fuera de mi boca, intentando saborearle en el aire, como una serpiente.

En lugar de dar rienda suelta a mis deseos, estaba respondiendo de forma automática a sus preguntas, pero parecía que lo que estaba diciendo tenía sentido porque empezó a trastear con el programa, explicándome lo que hacía mientras tanto. Me acerqué a la pantalla para seguir sus indicaciones y la tenue luz que emitía nos iluminó a los dos. Estábamos tan cerca ahora... pero sus ojos estaban fijos en el programa, concentrándose en lo que estaba haciendo, sólo desviándose para comprobar que le estaba siguiendo. Lo único que emanaba de él era profesionalidad. Decepcionante, pero yo ya me lo esperaba.

Terminó de explicarme lo que había que hacer y me cedió el ratón para que repitiese todo el proceso empezando de cero. Miré fijamente la pantalla para calmar mis nervios y no distraerme. Por eso no vi la mirada que me echó. Puesto que me había acercado al origen de la única luz de la sala, mi rostro no era lo único que estaba iluminado, sino también la parte superior de mi torso o, en otras palabras, mis pechos, y junto con ellos mis pezones. Estaba tan concentrada en no quedar en ridículo, que me había olvidado de eso. Percibí un incremento de la tensión entre ambos, pero pensé que era cosa mía por estar preocupada por mis archivos.

—¡No! Si pulsas ahí las imágenes se guardarán en el formato que no puedes abrir desde tu ordenador. Probablemente sea eso lo que has estado haciendo, se te veía muy rápida en el resto de los pasos y estaban bien —dijo, mientras ponía su mano sobre la mía para guiarme a otro sitio del programa.

¿Era tan solo mi imaginación, o había una tirantez en nuestros cuerpos que no había antes? Dejó su mano encima de la mía unos segundos más de lo estrictamente necesario y, cuando al fin la alejó, me acarició... ¿sin querer? Le miré por el rabillo del ojo. Él también me estaba mirando. Dirigí la mirada al frente lo más rápido que pude, pero estaba segura de que me había visto. Carraspeó, tenso.

El microscopio era viejo, causa de su lentitud a la hora de tomar y guardar las imágenes, así que normalmente la gente se marchaba y volvía un tiempo más tarde a comprobar cómo iba. Con esa idea en mente, Milo se levantó y me esperó al lado de la puerta entreabierta mientras yo cogía mi chaqueta. Se dispuso a salir de la sala mientras yo me ponía la chupa cuando de repente susurró de forma casi inaudible:

—Probablemente me esté propasando con esto, pero... te prefiero sin chaqueta.

Le miré a los ojos, confundida. ¿Estaba diciendo lo que yo deseaba oír, o estaba imaginándomelo? Lentamente, posó sus manos sobre mis hombros y agarró las solapas de la chaqueta. Se quedó quieto esperando una señal. Podía escuchar su respiración desde donde estaba. Entrelacé mis dedos con los suyos y conduje sus manos hasta mis pechos. Con el movimiento mi chaqueta me resbaló por hombros y la dejé caer hasta el suelo. Fue el pistoletazo de salida que estaba aguardando. Empezó a besarme y a morderme suavemente. Alentado por mis suspiros, marcó mi cuello con lo que se convertiría minutos después en un chupetón a tapar con el pañuelo que había traído esa mañana.

Mi cuerpo respondió inmediatamente. Apreté mi culo contra sus partes bajas y él me siguió el juego abrazándome fuerte contra sí con la mano que le quedaba libre. Sus gruñidos y mi respiración acelerada se entremezclaron para crear una canción gutural que, a pesar de estar en el sótano, intentábamos silenciar. La puerta, privada de la mano que la había estado sujetando, se cerró con un portazo. Milo me empujó contra ella, aprovechando su solidez para sujetar mis manos en alto. Recorrió uno de mis brazos a besos, inspirando el olor de mi piel y mi desodorante, y volvió a subir por la cúspide de mi pecho hasta mi cuello y de ahí a mi boca. Buscó un hueco entre mis labios para meter la lengua. Me liberé de sus manos y le sujeté del pelo para atraerle hacia mí. Recorrí su espalda, disfrutando del movimiento de sus músculos bajo la piel mientras él se abría camino por debajo de mi camiseta.

Intuía que esto iba a ser rápido y ardiente, así que fui directa hasta su bragueta y le desabroché el cinturón y los pantalones. Ambos cayeron al suelo, a unos centímetros de mi chaqueta. El metal al final de la correa chocó contra las baldosas, sobresaltándonos; cada sonido en esa sala en aislamiento parecía multiplicarse por mil. Mientras tanto, él había comenzado a succionarme los pezones a través de la tela de la camiseta y me sujetaba de las nalgas, piel con piel, aprovechando que llevaba falda. Parecía que no se sentía capaz de abarcar suficiente, y gemí tan solo de pensar en su frustración.

A pesar del ansia, mantuve la cabeza lo suficientemente fría como para quitarle la camiseta. Le separé un poco de mí para poder verle completamente desnudo y guardar esa imagen en mi memoria para usos futuros. Una vez terminé de hacerle el escáner completo me abalancé de nuevo sobre él y me deshice del resto de la ropa. Mi camiseta ya había cumplido su función por hoy, y tanto la falda como las bragas solamente estorbaban, llegados a este punto.

Una vez desnudos, preparados para dar el siguiente paso, caímos en la cuenta los dos a la vez de que teníamos un problema. No había condones aquí abajo. No los habíamos traído nosotros, ni esperábamos que hubiese ninguno en los cajones de la habitación. Nos miramos a los ojos; parecía tan lógico y a la vez tan absurdo que al haber estado tan concentrados en devorarnos mutuamente no nos hubiésemos dado cuenta de ese pequeño detalle. Rápida, intentando que la ocasión no se disipase en ese instante de decepción, agarré nuestros montones de ropa y los extendí lo mejor que pude en el suelo. Me tumbé encima de costado y miré hacia él. Me pilló al vuelo, y se colocó en la dirección contraria, con su pene apuntando hacia mi cara. La suya la colocó entre mis piernas y se apoyó en mi muslo, buscando la forma más cómoda de admirar lo que tenía delante. Me vio con todo lujo de detalles, como si estuviese mirando a través de uno de los objetivos del microscopio.

Me agarró del culo y hundió su cara entre mis pliegues. Su lengua empezó a acariciar mis labios delicadamente, pero ese cambio de ritmo, comparado con el ardor de hace apenas unos segundos, no me gustó nada. ¿No estábamos teniendo una sesión de sexo desenfrenada? Dispuesta a mostrar mis intenciones, comencé a acariciar su pene con algo más de brío. No le costó mucho entender lo que quería y aceleró para seguirme el ritmo.

Aparte de esta aventura ilícita, voy a compartir otro secreto con vosotras: Milo sabía como hacerle sexo oral a alguien muy, pero que muy bien. No sé quién le habría enseñado, pero le estoy eternamente agradecida. Me estaba mojando tanto que podía sentir mi flujo expandiéndose por mis ingles y, por lo tanto, él debía tener la cara empapada de mí. Me estaba haciendo sentir tan bien, que decidí que quería devolverle el favor. Lametazo a lametazo y succión a succión, ¿sabéis? Así que me metí su miembro en la boca y seguí el ritmo que habíamos establecido, que había ido acelerando según nos encendíamos.

Le oí gemir cuando añadí mis manos de nuevo al masaje. Se ve que a mí tampoco se me da nada mal el sexo oral. Me introdujo un par de dedos y se me escapó un jadeo. No me quedaba mucho ya, así que comencé a succionar de forma más agresiva, como si intentase sacarle el semen a fuerza de moflete. Los sonidos que hacía me confirmaban que iba por buen camino.

Toda la experiencia hacía que, aunque usualmente me cueste un rato llegar, hoy estuviese casi a punto desde el primer momento. Por eso, cuando presionó contra la pared delantera de mi vagina, contra mi punto G, llegué de forma escandalosa en su boca sin poder controlarme. Esto pareció ser un detonante para él, porque llegó inmediatamente después de mí, sin darme siquiera un aviso rápido de lo que se avecinaba. El líquido caliente invadió mi boca. Quizá por la sorpresa o quizá porque no había ningún baño cerca, tragué.

Milo se echó para atrás corriendo, como si le hubiese dado un calambrazo.

—Lo siento muchísimo, no quería, me ha pillado por sorpresa —dijo, con los ojos abiertos como platos, el ceño fruncido y más pálido de lo que le había visto nunca.

Ya sabía que había sido sin querer, y no quería tampoco darle mucha importancia. Pensaba hacer algún chiste dejando claro que se lo pasaba por esta vez, pero que no quería que se repitiese, aunque igual eso era esperar demasiado. Pero al verle tan afectado, no pude evitar echarme a reír. Desconcertado, se quedó mirándome sin entender qué me hacía tanta gracia.

—No te preocupes, sé que no ha sido a propósito. Te perdono la vida siempre y cuando no lo vuelvas a hacer, ¿vale?

Él asintió, poniéndose rojo como un tomate. El hechizo se había roto. Aunque yo me sentía más a gusto con él que antes, él parecía bastante más incómodo, y me lo contagió. Volvíamos a ser unos casi desconocidos en una sala de nuestro lugar de trabajo, desnudos. Nos levantamos algo avergonzados de nuestra intensa distracción, mirando al suelo para evitar que nuestras miradas se cruzasen, y nos vestimos de nuevo. Había que seguir trabajando. Un suave pitido nos hizo saber que el microscopio había terminado de tomar las fotos.

Predator

Me preguntaba cómo se sentiría una siendo pantera. Gateando sobre el colchón, desde los pies hasta la cabeza, por encima de él. Agarrando sus manos para no dejarle moverse, teniendo el control de todo lo que pasase en la cama. Quería estar al mando y sentir ese poder. Me vestí para la ocasión: mis nuevas plataformas y un vestido semi-transparente que dejaba ver mi escasa ropa interior, la justa para tapar mis partes delanteras y traseras. Mi sujetador consistía en unas tiras de licra que rodeaban mis pechos pero no los cubrían, dejando mis pezones al aire y claramente visibles a través del vestido. Me había recogido el pelo en una coleta alta, tirante y trenzada. Anduve por mi apartamento así vestida toda la tarde para creerme el papel que iba a interpretar y acumular el coraje que me hacía falta para probar esto por primera vez.

No me podría haber imaginado esta situación hace apenas unas semanas. Todo había empezado como un simple juego, un flirteo inofensivo que en su día no pensé que fuese a llevar a nada más. Al fin y al cabo, éramos compañeros de trabajo.

Estábamos en la reunión semanal de la empresa. Era mi turno para exponer mi idea respecto a la dirección que debíamos tomar con un cliente ya histórico, pero que ahora estaba intentando cambiar su acuerdo con nosotros de forma que entraba en conflicto directo con la ética de la compañía. Unos cuantos compañeros sostenían que debíamos arrodillarnos ante el dios dinero, por supuesto, pero yo no estaba de acuerdo. La empresa se había hecho famosa gracias a nuestra ética, que, de momento, era intachable. Cambiarla por un único cliente supondría perder aquello que nos distinguía del resto de empresas, y probablemente perderíamos a muchos más usuarios.

No tengo ningún problema con hablar en público, así que dar una presentación no era algo temible para mí, como parece que tiene que ser, sobre todo si muchos de tus compañeros no piensan igual que tú. Si estás convencida, ¿por qué vas a tener miedo? Así que me planté delante de todos, y en media hora les expliqué por qué dar un giro de 180 grados era mala idea. Y... les convencí. No a mis compañeros, necesariamente, sino a los jefes.

Fue ese el día en que comenzó todo con Javi. A la salida de la reunión, se notaba un aire enrarecido en la oficina. Parece ser que a algunos no les sentó demasiado bien que llegase yo en solitario y encima, mujer, y convenciese a los jefes de la idea contraria a la que habían defendido unos cuantos en la oficina. Sin embargo, se me acercaron muchas otras compañeras a darme la enhorabuena, y a preguntarme entre risas si les podría enseñar un poco de mis artes de persuasión, que querían verle esa cara de haber comido mierda a más de uno en sus vidas. También se me acercaron algunos compañeros, claro (entre ellos Javi), aunque fueron una minoría.

—Menuda oradora estás hecha, ¿no? Se han quedado todos con la boca abierta. Creo que nadie se esperaba que alguien le llevase la contraria a esos carcas de ahí —dijo, señalando hacia la mesa en torno a la cual se habían congregado mis detractores.

—Gracias, Javi. La verdad es que me preocupa que me manden algún sicario, con esa actitud que me llevan parece esto una guerra de territorios de la mafia. Aunque seguramente le convencería de perdonarme la vida con mis maravillosas palabras. Ya les he ganado a su juego una vez —le respondí, guiñándole un ojo.

—Bueno, bueno, con esas aptitudes que tienes probablemente podrías convencer a muchos de hacer cosas por ti con las que no contaban, supongo que perdonarte la vida podría ser una de ellas. —Su mirada se volvió más pícara, y una media sonrisa asomó en su rostro.

¿Estaba flirteando conmigo?— Luego te mando una idea que me ha venido, a ver qué te parece, que el trabajo no es el lugar.

Y, efectivamente, cuando llegué a casa del trabajo tenía unos mensajes de Javi en el móvil. Habíamos sido amigos durante bastante tiempo, prácticamente desde que empezó en la empresa, y habíamos hablado de todos los temas habidos y por haber, incluido el sexo, pero nunca habría adivinado que a Javi le interesase lo que me mandó.

Al abrir las fotos en el móvil, me encontré a una mujer vestida de cuero con una fusta en la mano y cuya mirada me intimidaba incluso a través de la pantalla. Las cremalleras en los lugares estratégicos harían que pudiese dejar al descubierto sólo aquellas partes de su cuerpo que ella desease en cada momento, mientras que la mayoría seguiría cubierto y bien ceñido por el traje que llevaba.

La siguiente foto mostraba a otra mujer igual de imponente, pero esta vez casi desnuda, siendo unas bragas de licra lo único interponiéndose entre su sexo y mis ojos. Y así seguí mirando unas cuantas fotos más, notando como se empezaba a mover el gusanillo de la curiosidad en mi interior. Es cierto que me gustaba sentir el poder de mi personalidad imponente en el trabajo, cuando estaba delante de un grupo de gente, pero ¿y en la cama? Nunca me lo había planteado. A decir verdad, aunque sabía de la existencia de las *dominatrix*, nunca había visto ni buscado fotos o vídeos, nunca había pensado que eso fuese algo con lo que me sentiría identificada. No se me había pasado por la cabeza que eso pudiese ser algo que hacer en la cama, parte de tu personalidad en lugar de una actuación para ganarse la vida.

Una de las fotos me llamó especialmente la atención. No soy una persona que tienda a la incomodidad. Toda mi ropa, incluso la de la oficina, es extremadamente cómoda para ayudarme a sentirme relajada y lista para la siguiente ronda en todo momento. No tengo tacones. Y, sin embargo, las botas que llevaba la mujer de esa foto, botas hasta la rodilla y con una plataforma de escándalo, me tentaban. Las quería.

Hice una nota mental para acordarme de averiguar dónde conseguirlas. Había algo en la imagen de mí misma vestida así que me ponía a mil.

Medio cachonda, medio muerta de la risa imaginándome así vestida le escribí a Javi.

Jajajajaja, la verdad es que esto me da muchas ideas. Pobre del siguiente que se encuentre conmigo en la cama ;) Tengo que averiguar dónde conseguir unas botas como las de la mujer esa.

Dejé el móvil y seguí a lo mío, sin prestarle mayor atención. A la hora de acostarme, le eché otro vistazo. Javi no había contestado nada, y sentí un nudo formándose en mi estómago, pero lo ignoré. Seguramente estaba muy liado. Yo no había dicho nada fuera de lo normal, ¿no?

El día siguiente en el trabajo no ocurrió nada extraordinario. O eso creía yo. Ya al final de la jornada, después de volver de una escapada al baño, me encontré una nota en mi escritorio. "Mira en el cajón". «Qué raro», pensé, pero no le di muchas vueltas y abrí el cajón de mis archivadores. Dentro había una bolsa con un paquete envuelto en papel de regalo. "No lo abras antes de llegar a casa".

No me agradan demasiado las sorpresas por la sencilla razón de que me gusta saberlo todo y contar con todos los factores para poder saber a lo que atenerme, así que encontrarme un regalo misterioso en el trabajo no era para mí plato de especial buen gusto. Por suerte no me quedaba mucho por hacer cuando encontré la nota, así que pude recoger rápidamente e irme a casa.

El papel de envolver era negro brillante. Quizá eso me debiera haber dado alguna pista, pero, ¿cómo me iba a imaginar yo que a alguien (concretamente a Javi) se le iba a ocurrir regalarme eso? Y además en la oficina. Cuando rasgué el papel apareció una caja de zapatos. El nudo en el estómago del día anterior se me hizo más grande. Ya no sabía si era un nudo de nervios o de emoción, quizá de las dos cosas. Al abrir la caja me encontré unas botas negras de cuero con cordones que nacían a mitad del pie y subían hasta el final de la bota, y una plataforma de vértigo, aunque algo menos exagerada que la de la foto. Al fondo de la caja había una tercera nota. "He pensado que preferirías iniciarte con unas botas algo más cómodas, para practicar".

Practicar, sí. Eso sería una buena idea. Me quité los zapatos que llevaba para el trabajo y me probé las botas. Me acordé de aquella vez que habíamos ido Javi y yo a comprar, y había encontrado unas zapatillas perfectas para la oficina: eran deportivas, cómodas, pero con un toque elegante, lo suficientemente formales para ir al trabajo con ellas. Menudo drama monté porque no quedaban de mi talla, la 39. Sabía que Javi tenía buena memoria, ¿pero tanta? Parecía que sí.

Un poco tambaleante, me puse en pie y me miré en el espejo de cuerpo entero que tenía en el armario del salón. Quizá las botas quedasen algo extrañas con los pantalones chinos y la blusa holgada que llevaba, pero podía ver el potencial. Sin embargo, eso no era suficiente, quería verme en todo mi esplendor, así que me fui a la habitación y me desnudé entera, para verme con la ropa interior de encaje que llevaba. Me encantan las transparencias y el encaje, me hacen sentir sexy y poderosa. Siempre lo llevo para el trabajo, es parte de mi personificación del poder. Por suerte, tengo el sueldo suficiente como para poder permitirme tener una colección amplia de bragas, bralettes y sujetadores de encaje. Incluso tengo algunas ligas, aunque esas no me las pongo demasiado.

Tras desnudarme, me calcé de nuevo las botas. Hasta el sonido de la cremallera al cerrarse me hacía sentir más poderosa. Me miré al espejo de nuevo. Sí, ya iba dando el pego, aunque era consciente de que aún me quedaba bastante por aprender. Sentía la emoción de lo novedoso, de algo que sabes que encaja perfectamente contigo, pero que todavía no sabes cómo afrontar, dónde colocarlo. Esto únicamente era el comienzo; lo más difícil, el reajuste mental, vendría después. Pero de momento solo necesitaba un par de accesorios más y estaría lista para adentrarme en ese mundo que se me había abierto delante de la noche a la mañana.

Tras unos cuantos días mirándome al espejo reuní el coraje necesario para acercarme a Javi y preguntarle de dónde había sacado las botas. A estas alturas yo ya sabía de dónde podía haberlas sacado, potencialmente: del mismo sitio donde yo había comprado mi nuevo camisón semi-transparente, el sujetador aquel que era de todo menos útil, y unas bragas de cuero con cremallera en la zona delantera. Y, lo mejor de todo, varios sets de esposas que estaba deseando estrenar. Lo tenía todo preparado para el ataque, aunque aún estaba algo nerviosa ante la perspectiva de encontrarme haciendo de *dominatrix*. Todavía lo sentía más como una actuación que como una parte de mi sexualidad. Sin embargo, iba encajando tan bien con ella, que no tenía dudas de que eso sería parte de mí en breve.

—Oye, Javi —le llamé al verle de lejos en el patio anterior del edificio de las oficinas. Me acerqué corriendo con desgana hacia él—. Hace unos días aparecieron unas botas, muy bonitas, por cierto, en uno de los cajones de mi mesa. Tú no sabrás nada de eso, ¿no?

—Puede que sí. —Calculó unos segundos, intentando leer la situación, ver por dónde le iba a salir. Arqueé las cejas—. Si te han gustado, sí. Sí que sé de dónde pueden haber salido —respondió, de nuevo con esa sonrisa tentadora asomando a sus labios. Le brillaban los ojos con una chispa de intriga que le hacía irresistible.

—Bueno, pues dime, estoy intrigada de saber de dónde las has sacado. —Mi expresión se mimetizó con las suya, y mis labios ascendieron por un lado en una mueca irónica.

—No creo que sea buena idea hablar de esto aquí, puede llegar alguien en cualquier momento, ¿no crees?

—Sí, tienes razón. Será mejor que te pases por mi casa el sábado por la tarde, igualmente tengo que hablar contigo de cómo vamos a abordar el tema del señor Ruiz de Montoyosa. Sobre todo porque estos estarán listos para saltar sobre nosotros a la mínima que parezca que la estamos cagando. Te invito a unos gin tonic.

Con eso nos metimos en el edificio, listos para trabajar otro día más, como si no ocurriese nada.

SONÓ EL TIMBRE; EL show estaba a punto de comenzar. Hora de averiguar si nuestro pequeño tira y afloja iba a dar sus frutos. En cualquier caso, la espera no sería muy larga tal y como iba vestida. No había forma de pensar que le había invitado "por trabajo". Respiré profundamente para calmar los nervios: una, dos y tres.

La sonrisa que se debía de haber dibujado en sus labios al llamar al timbre se cayó al verme en la puerta dejando en su lugar un agujero, su boca formando un círculo perfecto de estupefacción. Vale, pues igual sí que se había pensado que venía a mi casa a trabajar, a debatir sobre cómo lidiar con las hienas de la oficina. O igual estaba más despampanante de lo que pensaba. En cualquier caso, no parecía escandalizado, no había fruncido el ceño, ni se había echado para atrás. Tan solo parecía sorprendido. Me aparté a un lado de la puerta para que pudiese pasar, esperando a ver qué hacía. No quería meter presión. Este era el momento decisivo: podía negarse a pasar si no estaba interesado, y yo podría meterme en problemas bastante serios si decidía hablar con nuestros superiores.

Sin embargo, entró, y al pasar por mi lado me rozó la pantorrilla muy ligeramente, casi como si hubiese sido sin querer. Dejó la carpeta que llevaba en la mano en la mesita de la entrada y siguió hacia el salón. Yo me quedé un poco atrás para poner la música. Una voz de mujer profunda y ronca comenzó a cantar jazz.

Cuando llegué al salón, estaba sentado en el sofá, esperándome. Me sonrió de nuevo. Se había recuperado del shock. Me senté sobre él, con los pechos a meros milímetros de su barbilla. No había tensión (al menos no de la mala), no había incertidumbre. Él estaba aquí para que le mandase, y yo le había invitado precisamente para lo mismo. Le empecé a desabrochar la camisa, despacio, con mis ojos clavados en los suyos. Nuestra mirada ardía con el brillo de la lámpara. Cuando por fin terminé, levantó los brazos para que pudiese quitársela fácilmente. Pero este no era mi plan. Le pillé los brazos con las mangas de la camisa, y se las até muy juntas. Lo único que podía hacer era bajarlas para rodearme con sus brazos. Efectivamente, eso hizo y sus manos acabaron apoyadas contra el nacimiento de mis nalgas. Podía sentir las cosquillas del excedente de las mangas más abajo, en el centro de los cachetes.

Le pasé mis pezones por encima de los labios, sólo la punta, que aún estaba cubierta por la tela del vestido, tentándole, de izquierda a derecha y vuelta, echándome para atrás cuando intentaba abarcar más de lo que yo le ofrecía. Mi dedo trazó una línea recta desde su frente a sus labios y sus dientes lo agarraron antes de que pudiera apartarlo. Me besó el interior de la mano, la muñeca y siguió subiendo hasta mi hombro. A pequeños mordiscos fue avanzando hasta la curva de mi pecho. Le permití tomar la iniciativa un momento, dejándole pensar que se estaba saliendo con la suya. Empezó a dejarse llevar; ya no eran mordisquitos, ahora eran chupetones primero en la base y luego en la cúspide de mis pechos, y su lengua haciendo círculos amplios alrededor de mis pezones, círculos que me dejaban empapada tanto arriba como abajo.

Tiré fuerte de las mangas de su camisa, liberando sus brazos. Sin inmutarse volvió a colocarlas sobre mi culo, así que le cogí de las manos y se las coloqué a los lados, en el sofá, quedándome inclinada sobre su delicioso cuello. Mis labios se deslizaron centímetro a centímetro hacia arriba hasta llegar a su oreja. Mis besos iban al son de su respiración: dentro, beso, fuera, mordisco. Mis dedos se enredaron en su corta melena y tiré hacia atrás para estirar su cuello y acariciar las gruesas venas que podía ver latiendo bajo su piel. Me podía imaginar que habría otras latiendo bien fuerte en zonas más al sur de su cuerpo también.

¿Qué sería lo siguiente que haría...? Mientras meditaba el próximo paso, me agarró de nuevo. Supongo que no había dejado lo suficientemente claro quién mandaba esta noche. Me levanté del sofá y abrí el armario donde había guardado las esposas que había comprado precisamente para esta ocasión. Tirándole de la mano le llevé hasta la mesa baja que había en el salón. Me reí al ver su cara de pánico. Debía de estar pensando que se iba a partir con su peso, pero yo ya lo había testeado antes: me había sentado y tumbado encima, me había puesto de pie y había andado de un lado a otro. Si no se había roto con eso, dudaba que se rompiera ahora.

Sin perder tiempo, le senté en el borde de la mesa y le empujé hacia atrás sobre ella. Tomé sus brazos y los extendí en paralelo a las patas de la mesa. Con cada par de esposas aseguré sus muñecas, dejándole algo de espacio para no hacerle daño. Después hice lo propio con los tobillos. Las patas se ensanchaban al final formando una silueta de gota invertida, de manera que aunque quisiera tirar hacia arriba las esposas sólo subirían mínimamente.

—¿Acaso no te ha quedado claro que aquí mando yo? —dije severa—. Tú no tomas la iniciativa, ¿okay? Yo te digo lo que hacemos y cuándo lo hacemos. Si tienes algún problema, di 'azul', ¿vale? Asiente si lo has entendido.

Javi asintió. Descansó los brazos, dejando las manos sobre el parqué. Retrocedí un poco para admirar mi presa. Madre mía. Ya me gustaba antes de este momento, obviamente, pero de forma algo platónica. Éramos compañeros de trabajo, amigos, pero no se me había pasado por la cabeza hasta hace nada que podíamos llegar a ser amantes. Y, sin embargo, verle ahí delante sin camiseta e indefenso me ponía a otro nivel. Sus pezones resaltaban oscuros sobre su piel y no pude evitar meterme uno en la boca, jugueteando con el bultito más duro con la lengua. Necesitaba tocarle. Empecé desde los hombros, y descendí por su pecho y su abdomen, tensado por la incómoda posición en la que se hallaba. Tenía la piel sorprendentemente suave. Frené al llegar a la línea de los pantalones; ahí ya no había piel desnuda en la que deleitarse. Pero sí había algo que comprobar. Mientras le besaba le pasé la mano por la cremallera. Sí, definitivamente estaba disfrutando de esto, quizá incluso más que yo.

Era el momento de una zambullida. Le desabroché los pantalones y se los bajé junto con el bóxer. Le besé el pecho, bajando despacio hasta ponerme de rodillas al final de la mesa mientras me entretenía con la cremallera y me llevaba conmigo todo aquello que tapaba su tren inferior de mi vista. Acabó con los pantalones por los tobillos, y el miembro expuesto ante mis ojos. En la postura en la que se encontraba no podía verme demasiado bien, y le notaba ansioso. Veía cómo se resentían las esposas sutilmente cuando él retorcía las manos y estiraba los pies intentando erguirse. Coloqué las manos en sus ingles, para controlar tanto sus movimientos como los míos, y sentí sus cuádriceps tensarse ante mi tacto.

Lamí su tronco desde la base hasta la punta. Entonces intentó levantar la cabeza de golpe, pero con las muñecas atadas tan abajo no podía. Las esposas chocaron contra la madera con un ruido sordo. Vi cómo se alzaba su frente y se tensaban los músculos de su cuello, aunque con poco éxito. Seguía sin poder verme desde su posición. Aun así pensé que se lo estaba poniendo muy fácil. Me recoloqué de forma que mis rodillas aplastaron las cadenas que conectaba sus tobillos con las patas de la mesa, obligándole a echar las piernas más hacia atrás y estirar su cuerpo aún más. ¿Me estaba pasando? Aún no había dicho la palabra de seguridad, así que supuse que tenía vía libre para seguir. Le engullí y comencé a mover mi boca lentamente. Se estaba excitando todavía más, no había duda. Tuve que contener una carcajada cuando vi que intentaba mover las caderas. No quedaba ni un centímetro de movilidad ahora que las esposas estaban bajo mis rodillas, y sus esfuerzos me parecían tiernos, casi ridículos.

Me dio algo de pena verle tan desesperado, pero tan incapaz de hacer nada para solucionar su ansiedad. Consideré si seguir "torturándole" unos segundos más, pero la verdad es que mi coño clamaba atención. Lo sentía empapado tanto de flujo como de poder.

Me levanté despacio, con la mano sobre la base de su pene, cubriendo sus huevos. Debe ser la posición de más poder que alguien puede tener en la cama. Veía su cara, los ojos cerrados y el ceño fruncido. El aire escapaba a trompicones de sus labios. Tenía los pezones de punta, y la espalda lo más arqueada que podía en la situación en la que se encontraba. Desgraciadamente, ahora podría volver a mover ligeramente las piernas, pero aún no se había dado cuenta.

Me acerqué a su rostro despacio, disfrutando del poder que sentía al oír mis tacones restallando contra el suelo. El ruido que hacían le hizo abrir los ojos y me siguió todo el camino pendiente de cada movimiento. Desabroché los enganches que sujetaban mis medias. Entonces me bajé las bragas y las dejé resbalar hasta el suelo. Con una pierna las deposité sobre su cara y apoyé la bota sobre su barbilla. Le oí inhalar fuerte. Con un empujón del tacón le abrí la boca. Hora de divertirse. Con un pie a cada lado de su cara, me puse en cuclillas con mis labios empapados a milímetros de los suyos. Le vi sacar la lengua, listo para lamerme. Pero se habían acabado las concesiones. Arqueé la espalda para dejar mi coño justo fuera de su alcance.

Me incliné hacia delante y desenganché sus manos de las patas de la mesa. Podría moverlas, pero solamente como yo le indicase. Le cogí de la mano y doblé uno a uno sus dedos, dejando tan solo el dedo índice erguido y mirándole fijamente a los ojos. Le chupé el dedo, lubricándolo bien, aunque la verdad es que mucha falta no iba a hacer. Con delicadeza lo guié hasta mi entrada y lo introduje en mí. Gemí fuerte y sus ojos se abrieron aún más, perplejos. Igual me oían los vecinos (las paredes de estos pisos son de papel), pero me daba igual. Él intentó echar un vistazo, ver cómo su dedo se adentraba en mí, pero no le dejé. Todavía no; con un movimiento brusco le empujé la cabeza contra la mesa. Iba a ver el show en primer plano dentro de poco, pero de momento se tenía que conformar con sentirlo. Yo seguía moviendo su mano arriba y abajo, disfrutando de la sensación de tener algo en mi interior, algo que parecía controlar totalmente a pesar de que no era mío. La entrada del segundo dedo no me sorprendió, y aun así no pude evitar gemir. Empecé a acariciarme los pechos; ya se sabía las normas a seguir ahí abajo, así que no hacía falta mi guía.

Esto me sirvió durante medio minuto, pero pronto quise más. Agarrándole la mano para que siguiese dentro de mí, recoloqué mi cintura para ponerla perpendicular respecto a la mesa y me senté en su cara. Inmediatamente buscó mi clítoris con la lengua. Me movía más y más rápido. Coloqué el tercer dedo en mi entrada. Me tornaba más y más salvaje a cada segundo que pasaba. Podía oír el sonido que hacía al tocarse con la mano que le quedaba libre, muy tenue, como disimulando. Un último lametazo y caí rendida hacia delante en medio de un grito que, ahora seguro, habían oído los vecinos. Sus gemidos apenas se oyeron debido a que chocaban contra mi coño. Mis jugos invadían su boca, y él, angustiado de que todo se hubiese acabado tan rápido, los recolectaba ávido de mi sabor.

Tras unos segundos de descanso, me erguí de nuevo y me quedé sentada sobre su cara todavía recuperándome del esfuerzo, aunque esta vez me quedé quieta. Sus ojitos de cachorro, la única parte de su cara que aún podía ver, me buscaban. *¿Puedo levantarme ya?*, parecían preguntar. Me puse de pie para dejarle respirar. Era libre de marcharse si quería... pero no para siempre. Esto me había gustado demasiado como para que fuese una cosa de una noche.

Pensándolo mejor, hoy era sábado. ¿Por qué no invitarle a que se quedase para extender nuestra velada? Aún no había preparado los gin tonic que le había prometido.

Córrete de nuevo

Estábamos en mi cama, templando el ardor de nuestros cuerpos desnudos. El sudor aún no se había secado sobre nuestros torsos y nuestras sonrisas no se habían desvanecido del todo. Nos quedamos ahí tumbados, con su brazo debajo de mí y mi cabeza descansando sobre su pecho. Le abracé y respiré su olor, que sabía que echaría de menos cuando se fuese de vuelta a casa. De vuelta a aquella ciudad que seguía siendo mi casa también, aunque yo ya no viviese ahí. Sentí un fogonazo de añoranza, pero la aparté de mi mente: ya tendría tiempo de sobra para llorar por la distancia física y espiritual que me separaba de mi hogar cuando él se marchase.

Llevábamos más o menos un año juntos antes de que me dieran la beca para estudiar en el extranjero. No había avisado a nadie de que la había solicitado porque pensaba que no me la iban a dar, y no quería tener que enfrentarme a la decepción de los demás cuando les dijese que había sido un fracaso. O al menos eso me dije a mí misma. En realidad lo que no quería era enfrentarme al reflejo de mi propia decepción en los demás. Poder llevar mi vergüenza en silencio me hacía sentir más segura. Pero al final sí me la dieron, y eso fue casi peor. No me había hecho a la idea, no sabía siquiera si quería estudiar en el extranjero. Había rellenado la solicitud porque pensé que debía hacerlo. ¿Quién tira a la basura una oportunidad como esa?

Me costó superar el shock de tener que dejar a mi familia y a mis amigos atrás para tirarme dos años fuera, como mínimo. Pero eso era lo que debía querer, ¿no?

A mis padres se lo conté en casa y todo fueron sonrisas y enhorabuenas, que me dolieron más que si hubiesen reaccionado con sorpresa y con algo de pena por verme marchar. Con mi pareja quedé una noche en un restaurante y se lo solté a bocajarro. No fue buena idea. Al menos si hubiésemos estado en privado podría haberse expresado más libremente, pero en público no podía enfadarse. La cena fue extremadamente tensa, aunque el suplicio no acabó ahí. Cuando por fin terminamos y nos fuimos, no me dirigió la palabra. Demasiadas emociones que necesitaba calmar antes de poder hablar sin que todos nos mirasen. Paseábamos sin rumbo, o eso creía yo, hasta que reconocí su portal al fondo de la calle por la que íbamos. Me imagino que había pensado que la noche iba a transcurrir de forma muy distinta y había reservado una mesa en un restaurante cerca de su casa. Nos habíamos parado en frente de la puerta y supuse que esto sería nuestra despedida –si temporal o definitiva, eso no lo tenía tan claro–. Sin embargo, con la mirada fija en el suelo y sujetando la puerta con la mano, me dijo:

—¿Quieres pasar para que hablemos?

Me adentré en el portal sin dudar ni un segundo. Sabía que la que la había cagado era yo y no quería dejar pasar la oportunidad de arreglarlo.

Al llegar a su piso nos sentamos en el sofá. Normalmente me hubiese ofrecido algo de beber –un refresco, un mojito o un chupito de tequila, según se presentase la noche– pero esta vez no.

—Ana, no sé qué decirte. Me alegro de que hayas conseguido esto, pero me jode que no me lo contases cuando estabas pensando en echar la solicitud.

Me quedé en silencio. No sabía qué podía contestar a eso. Tenía toda la razón.

—Llevamos juntos casi un año ya. Sé que no tenemos un compromiso de por vida ni nada, pero coño, esto es grande. Primero porque es una oportunidad de la ostia, pero segundo porque va a afectar a nuestra relación. ¿Cuántas parejas conoces que sigan juntas después de que uno se vaya a estudiar fuera? Si me lo hubieses contado me hubiese acojonado, es verdad. Claro que prefiero que estés aquí, conmigo, para que todo sea más fácil. Pero lo más importante es que consigas llegar a donde quieras, y me gustaría estar ahí cuando lo hagas. Sin embargo no puedo hacerlo si no puedo confiar en ti porque me ocultas cosas así de importantes. ¿Por qué no me lo contaste? ¿Pensabas que me iba a enfadar?

Miré al suelo sin saber qué hacer. Decirle la verdad me daba vergüenza, pero fingir que me había dado miedo su reacción me parecía peor. Eso trasladaba el problema de mi pánico al fracaso y baja autoestima a él, y no era justo.

—No —respondí—. Es más estúpido que eso. Tenía miedo de no conseguir la beca y que los demás supierais que soy un chiste.

—Pues sí que es estúpido, sí. Sabes que una beca no es un reflejo perfecto de tu potencial, ¿no? Puedes haber escrito una carta de motivación de mierda, por ejemplo, pero eso no te define. Además, es algo subjetivo, y no sabes quién más se ha presentado.

Le sonreí irónicamente. Ahora que lo había oído en boca de otro me sentía aún más idiota por haber ocultado que había apuntado alto.

—Lo siento. Debería habértelo dicho.

Elías suspiró pronunciadamente.

—Lo entiendo. Ey, —dijo, mientras me agarraba de la barbilla para que le mirase a los ojos— ¿me prometes que me contarás las cosas aunque te den vergüenza cuando estés en Bolonia?

Asentí. Tomé una bocanada de aire bien grande al quitarme ese peso de encima. Él me pasó un brazo por la espalda y me apretó contra sí. Nuestras cabezas se encontraron a mitad de camino, la suya encima de la mía. Volvíamos a estar en paz. Sus besos me recorrieron la frente, los ojos, las mejillas y acabaron en mis labios. Nuestras lenguas se entrelazaron y mis manos buscaron su cabello. La tensión que habíamos incubado durante la cena abandonaba nuestros cuerpos e inundaba la habitación, instándonos a beber del otro por si acaso eran estos besos de los últimos que compartiríamos. Tras unos minutos nos separamos para coger aire y aproveché para hablar.

—Pensé que alomejor me dejabas —dije.

—¿Qué? ¿Cómo iba a hacer eso? Te quiero muchísimo, eso es lo último que se me pasaría por la cabeza.

Le sonreí con lágrimas asomándome a los ojos. Nuestra mirada pronto se coloreó de deseo y se acabaron las ñoñerías por ese día. Los besos cariñosos de antes se deshicieron entre la pasión de nuestros labios, nuestras lenguas luchaban y nos asfixiábamos en el aire del otro. Mi vestido pronto perdió su función al enroscarse por mi cintura y posarse en la curva de mis caderas, que se había exagerado al sentarme encima de mi chico. Sus manos encontraron mis nalgas, metiéndose por debajo de mis bragas, y se aferraron ahí durante unos instantes. Entonces agarró con los dedos índices los laterales del triángulo de tela que le incordiaba, los unió en el centro y tiró hacia arriba, creando algo así como un tanga que dejaba mi carne expuesta para su deleite. Con el tirón, el tejido me rozó el perineo y me apretó los labios, creando una sensación de placentera tirantez.

Podía sentir su erección contra mi coño a través del pantalón. La rigidez de la cremallera me estaba molestando y tenía miedo de que al haberme movido las bragas, se me saliesen los bordes de los labios y me pellizcase con el metal. Aún prendada de su boca, me icé sobre él y le desabroché los pantalones para dejar al descubierto el bóxer con la forma del pene dibujada en sombras en la tela.

Sus manos recorrieron mi espalda y arrastraron el vestido por toda ella. La tela era suave, como de terciopelo; me hacía sentir como si recibiese una caricia por todo el cuerpo. Cuando llegaba a mis hombros me apretaba contra sí y mis pechos quedaban a unos pocos centímetros de su cara. Bastaron un par de veces para que me decidiese a bajar el escote y así liberarlos. Sin que pasara ni un segundo, uno acabó sumergido en su boca, mientras el otro quedaba aprisionado entre sus dedos.

Con la angustia de la pelea, todo se volvía más intenso. Las corrientes de placer que salían de mis pezones se asemejaban a rayos eléctricos más que a las calmadas ondulaciones a las que estaba acostumbrada. Sentía mariposas en el estómago; esto no iba a ser una noche cualquiera.

Se me erizó la piel al sentir su boca acariciando mi cuello. No me besaba, no me lamía, tan solo recorría mi cuello al completo con la tersa piel de sus labios. Suspiré, aunque el aire se me quedó atascado en la garganta, apretada ante el deseo de que me mordiese. Mis dedos se enredaron en su pelo, corto, pero aun así lo suficientemente descuidado como para poder agarrarlo y tirar hacia atrás, alejando la tentación de mi piel para zambullirme yo entre los pliegues de la suya.

Con la lengua lo más estirada que podía, le recorrí desde la clavícula hasta el lóbulo de la oreja, al cual me enganché para succionarlo mientras me apretaba contra él. No es fácil sentir que vas a perder a alguien y controlarse cuando te dicen que estás perdonada.

Mi vestido ahora no era más que un amasijo de tela retorcida sobre sí misma justo debajo de mis pechos. Molestaba más que otra cosa, así que con un movimiento rápido me lo quité. ¿Quién hubiese dicho que tras la tarde tan tensa que habíamos vivido iba a acabar completamente desnuda salvo por un minúsculo trozo de tela tapando mis partes más íntimas? Mientras yo me deshacía de mi vestido, él había aprovechado para bajarse del todo los pantalones, acompañados de sus calzoncillos.

Quizá fue el miedo a perdernos, o alomejor era el alivio de creer que ese peligro estaba lejos ya, pero estábamos los dos listos y ansiosos de tenernos, de estar plena y profundamente conectados. En contacto con todo nuestro cuerpo, al máximo posible. Aparté mis bragas a un lado y sin miramientos introduje su miembro en mi interior. Al descender sobre él nos abrazamos y jadeamos el uno en el cuello del otro. Sus brazos me cubrían entera: uno abarcaba desde las costillas hasta los hombros, mientras que el otro descendía por mi espalda hasta mi culo, donde se aferraba con fuerza como si soltarme fuese una sentencia de muerte. Yo me agarraba a su cuello, usándole como soporte para subir y bajar, aunque lo hacía despacio, para sentir cada milímetro de su erección moviéndose dentro de mí.

No era un show de emociones. No había gemidos ni gritos. No hacíamos aspavientos, ni embestidas que hiciesen saltar gotas de sudor. Ese día la angustia caduca nos tenía subyugados. Tan solo éramos capaces de producir una música de susurros y suspiros. Era nuestro lenguaje corporal el que transmitía la excitación que íbamos acumulando en nuestros músculos, agarrotados por el miedo a dejarnos ir. Al estar pegados el uno al otro nos rozábamos por todas partes. Mis pezones sentían el vello de su pecho y mi clítoris, el que rodeaba su miembro. Yo me concentraba en el de abajo, que me hacía las cosquillas justas para acercarme cada vez más a la máxima tensión que podía alcanzar. Y él se acercaba conmigo. Lo notaba en los resoplidos que salían de su nariz para estrellarse contra mi cuello, cada vez más intensos.

Mientras tanto yo acompañaba mis subidas y bajadas con el balanceo de mis caderas hacia delante y hacia atrás. Con los ojos cerrados, mordía su hombro para descargar algo de la agitación que se me acumulaba en la garganta. La sensación electrificante era casi insoportable. Cuando ya no aguantaba más, incliné las caderas ligeramente hacia atrás, haciendo que mi núcleo de placer rozase al máximo con el suyo, y con un par de movimientos más llegamos. Parecía como si se hubiesen liberado las compuertas de un embalse. Rompimos el silencio con tal volumen que ambos nos sobresaltamos. Al mirarnos nos comenzamos a reír, pero las lágrimas ya asomaban a nuestros ojos. Nuestras carcajadas duraron poco antes de que llorásemos en silencio, abrazados pero sin ansia, simplemente disfrutando del tacto del otro, que sabíamos que echaríamos de menos nada más me montase en el avión.

SEGUÍAMOS EN SILENCIO porque nuestros gemidos habían expresado todo lo que teníamos que decirnos. A pesar de lo mucho que la relación a distancia nos había cambiado, tanto en pareja como a cada uno individualmente, seguíamos escudándonos en el silencio para evitar desbordes emocionales. Estábamos fantaseando con la idea de que estar tirados en la cama era algo que podríamos hacer cada día. Que ya tendríamos tiempo de hablar en cualquier otro momento, y que por ahora era suficiente con abrazarnos. No creo que lográsemos engañarnos del todo, pero era más fácil obviar el dolor futuro que reconocerlo en el momento.

Nos miramos a los ojos y una sonrisa traviesa le asomó a los labios. Desde que nuestras sesiones de sexo se habían vuelto mensuales en lugar de semanales, yo siempre quería más, pero sabía que él no podía seguir mi ritmo cuando ya había llegado una vez. Sin embargo, quizá esta vez que las circunstancias nos habían obligado a esperar dos meses antes de vernos, la tensión sexual que había acumulado era demasiado grande como para saciarse con la primera corrida.

Se inclinó sobre mí y me dio un beso delicado en los labios. El dulzor del beso se transformó en algo más intenso y yo le seguí la corriente. Tenía que conseguir el máximo posible mientras tuviese la oportunidad. Le agarré del pelo y pasé mi pierna sobre su cuerpo para apretarle contra mí. Metí la lengua en su boca rápido, sólo un segundo, y arqueé mi espalda. Su respuesta fue agarrarme del culo, fuerte, apretándome contra su erección. Sus besos se endurecieron y nuestra respiración se aceleró para convertirse en jadeos. Estaba lista para la siguiente ronda.

Mis pezones se erizaron contra el ligero vello de su pecho. Lentamente, su pene se había ido llenando de nuevo y ahora estaba llamando a mi puerta como una visita sorpresa. Su mano desapareció entre mis muslos, buscando el botoncito de placer que me iba a acelerar de nuevo. Pero esto había ocurrido muchas veces antes. Ya me sabía la historia. Justo cuando le llevase hasta mi entrada me confesaría que ya no podía más, y me tendría que valer por mi misma. Sé cómo acariciarme para saciar mis impulsos, claro, pero no es lo mismo que hacer el amor con la persona a la que quieres, encima cuando apenas le ves una vez al mes. Prefiero tener sexo sólo una vez y quedarme con ese recuerdo de auténtica saciedad, de conexión plena, antes que empezar de nuevo y quedarme a mitad de mi escala de placer. Así que le paré ahí.

—No empieces algo que no puedas acabar —le dije, mirándole directamente a los ojos.

—Déjame enseñarte hasta dónde puedo llegar esta noche —me susurró con voz rasposa.

Dicho esto, me apartó la mano y se estiró para alcanzar muy dentro de mí. Encontró esa zona rugosa que me vuelve loca. Me puso bocarriba y siguió jugando dentro de mí mientras sus labios succionaban uno de mis pezones y su lengua acariciaba la punta, ya endurecida. Mis gemidos se iban haciendo más fuertes y no pude evitar empujarle la cabeza hacia abajo; sus dedos no eran suficiente.

Bajó recorriéndome el torso, la tripa y el monte de Venus a besos. Sus dedos aún estaban dentro de mí y estaba tan sedienta de su lengua que me arqueé y estiré para acercarme más a su boca. Por fin llegó, y una ola de calor me recorrió el cuerpo. Mis manos se aferraron a su pelo y mis piernas le aprisionaron contra la cama. El sexo oral era su especialidad y nunca decepcionaba. Su lengua se movía rápidamente contra mi clítoris, subiéndolo con cada lengüetazo, mientras sus labios abrazaban los míos. Ahora podía meter tres dedos en mi interior y su mano entera estaba bañada en mis jugos. Le encantaba ensuciarse.

Me estaba volviendo loca, me conocía a la perfección. Aceleraba sus idas y venidas, incrementaba sus lametazos, y luego bajaba la velocidad y disfrutaba de cada centímetro de mi vagina. Le apreté la cara contra mi entrada e inspiró profundamente. Siguió lamiendo y chupando, zambullido dentro de mí. Paseaba su lengua por mis labios, tentándome, para al segundo siguiente introducirse por mi entrada. Tan abstraído estaba en su exploración de mis recovecos que no se estaba dando cuenta de que me estaba acercando peligrosamente al orgasmo. Cuando sentí el cuarto dedo introducirse, no pude aguantar y llegué sin más aviso que un gemido largo y profundo. Cuando le dejé ir y pudo levantarse para observarme, sólo vi una capa brillante sobre su barbilla; su barba había desaparecido. Sin embargo, cuando atisbé su mirada, me preocupé.

—¿Qué pasa? ¿Por qué me miras así?

—No pensé que fueras a correrte sin avisarme. Estaba esperando para seguir. Esta noche quiero más.

He de admitir que me pilló por sorpresa. Sí, ya sé que me lo había dicho antes, pero normalmente no es así. Aunque diga que puede muchas veces, no puede, y acabo malhumorada, cosa que quería evitar a toda costa, puesto que no nos quedaba mucho tiempo juntos. La había cagado de nuevo, pero por suerte, siempre estoy lista para más. Tiene sus ventajas y sus desventajas. Me puse de rodillas y gateé hacia él muy despacio mirándole fijamente a los ojos. Mi sonrisa traviesa se parecía mucho a la que él había blandido hacía unos minutos. Igual pensaba que le iba a besar, pero fui directa hacia su oreja.

—Creo que podemos arreglar eso —le susurré.

Y, sin más miramientos, alcancé su pene, que seguía tan duro como al principio. Recorrí la rigidez de su miembro desde la punta hasta la base y acaricié la holgada piel que quedaba debajo. Su erección se tensó más, si es que eso era posible, y la decepción desapareció de su rostro. Con la mano que tenía libre, guié una de las suyas hasta su entrepierna y rodeé su polla con su propia mano, guiándole en el masaje que quería que empezase a darse.

Una vez captó el mensaje, me giré para rebuscar en mis cajones del armario. Había querido darle la sorpresa en otro momento, justo cuando se fuese a marchar, pero me pareció que esta era una mejor oportunidad. Saqué un cilindro negro de entre mis calcetines y volví a la cama.

Me miró entusiasmado, probablemente pensando que era uno de mis juguetes nuevos. Por eso frunció el ceño cuando abrí el paquete para revelar un tubo de silicona rosa, maleable, y con un coño dibujado al final del todo. Sin dignarme a explicar nada, saqué el lubricante de mi mesita de noche y eché unas gotas sobre la punta de su miembro. Lo consideré mejor y eché también dentro de la vagina de plástico que había hecho a mi imagen y semejanza. Había sido toda una experiencia que no estaba dispuesta a repetir; había sido un engorro tremendo.

Aparté su mano de su tarea y deslicé el juguete hasta el final de su erección. Sus ojos se abrieron de golpe, sorprendido sin duda del tacto tan agradable de la silicona. Me pareció fascinante cómo un agujero inicialmente tan pequeño se dilató y tensó alrededor de la anchura, considerablemente mayor, del pene de mi novio. Estos diseñadores sabían lo que hacían.

Mirándole a los ojos, seguí haciendo lo que había interrumpido, subiendo y bajando mi mano a un ritmo fácil, lo suficientemente rápido como para que vislumbrara el final de aquella sesión pero lo suficientemente lento como mantener dicho final aún en la distancia. Le vi agarrar las sábanas con fuerza para así reprimir el impulso de acelerar mi mano. El eterno debate entre hacer que dure o alcanzar el clímax y deleitarse en ese fugaz momento de intenso placer.

Decidí ponérselo todavía más difícil. Saqué la lengua sin abrir apenas la boca y la moví discretamente arriba y abajo. Cerró los ojos con un resoplido que me hizo sonreír y sentirme orgullosa del control que tenía sobre él. Me incliné sobre su regazo de forma que ya no tenía ángulo para ver lo que pasaba ahí abajo. Ni falta que hacía; el tacto de una lengua es claramente distinguible cuando aparece sobre tu glande.

Comencé dibujando círculos alrededor de la punta, la única parte que sobresalía intermitentemente del juguete nuevo. Acompañaba mis movimientos de la mano; cuando bajaba, mi lengua bajaba también hasta la parte más ancha, la más sensible, pero rápidamente se veía obligada a subir de nuevo hasta la punta.

En cuanto este baile se hizo previsible, aburrido, pasé a succionar la punta. Primero la rodeé con mis labios y pretendí ser delicada durante unos instantes, simplemente apoyándola contra la suavidad del interior de los mismos y mojándola con mi saliva. Al verle relajarse, succioné con fuerza y apoyé mi lengua sobre el vértice donde el prepucio se juntaba con la solidez del músculo erecto. A la par aceleré el balanceo de mi mano y paseé los dedos de la otra de nuevo por encima de los testículos. Le oí inspirar con fuerza, pero esa inspiración se quedó atascada a mitad de la garganta, la señal inequívoca de que la tensión sexual estaba a punto de resolverse.

—¿Sabes qué? —le dije, con una sonrisa torcida tensando las comisuras de mis labios— El juguete lo hice yo como réplica a mi vagina.

Solo hizo falta ese último toque de gracia para que descargase por fin su segunda ronda de la noche.

Inyección de adrenalina

La doctora me dijo que tenía la B12 preocupantemente baja. Me enumeró uno a uno los síntomas que deberían haber hecho que me saltaran las alarmas y, la verdad, los tenía casi todos. Sí, había estado cansada y falta de energía. Sí, tenía dolores de cabeza, estaba más pálida de lo normal e incluso tenía tinnitus. Y sin embargo había asociado todo eso al estrés, sin darle más vueltas. Cosa que también es preocupante, aunque lo tengamos tan normalizado: si el estrés está afectando tanto a tu vida que pasas de ser una persona funcional a un zombi con capacidades cognitivas moderadas, es hora de replantearse cómo estás llevando la vida.

No había visto a nadie del personal sanitario perder la compostura hasta ese día. Cuando miró más en detalle mis resultados, entró en pánico. Resulta que el déficit de vitamina B12 no es ninguna broma –algunas de las consecuencias son irreversibles porque daña los nervios–, y yo tenía los niveles por los suelos. Me recetó cinco inyecciones de B12, la primera ese mismo día, y un chequeo a los seis meses.

Ya en la primera inyección pasó algo que jamás hubiese esperado de un centro profesional. Ahora me escandalizo un poco al recordarlo, aunque esa cita me condujese a uno de los momentos más reveladores de mi edad adulta. Pero no adelantemos acontecimientos.

Puesto que no habían contado con que me iban a tener que atender más allá de la consulta de la doctora, tuve que quedarme un rato en la sala de espera. Todas las enfermeras estaban ocupadas. No tenía tiempo que perder, así que cuando por fin alguien vino a buscarme no me quejé de que fuese el único enfermero varón de la clínica. Además supuse que era una inyección normal y corriente en el brazo, así que no había de qué preocuparse. A decir verdad, tampoco me importaba pasar un ratillo con él a solas: era muy guapo.

Me hizo pasar a una de las salas auxiliares. Era una habitación pequeña, amueblada tan solo con algunos cajones, un espejo, una nevera y una camilla. El enfermero se puso a rebuscar en los cajones en busca de la aguja y, con lo que yo creía que era disimulo, le miré el culo detenidamente en el espejo para disfrutar de la tirante redondez que se podía apreciar mientras estaba inclinado. Me daba rabia que nos conociésemos sólo de un ambiente tan poco amigable, porque sin lugar a dudas hubiese intentado algo si hubiéramos estado en un bar. Pero me parecía completamente fuera de lugar en esta situación, así que, con todo el pesar de mi corazón, aparté los ojos de la visión tentadora de su trasero.

Una vez encontró la aguja y sacó la dosis de B12 de la nevera, me sentí muy orgullosa de lo discreta que pensaba que había sido. A pesar de eso, fue difícil olvidarme de mis pensamientos más traviesos cuando se dio la vuelta de nuevo y me fijé en sus ojos verdes y en el séptum que decoraba el final de su nariz.

—Tendremos que alternar entre ambos lados, así que ¿qué lado prefieres hoy?

—Disculpa, ¿cómo que ambos lados? ¡Nadie me dijo que fuese a ser tan doloroso! Necesito el brazo para trabajar. ¿Es que acaso duele tanto que me va a afectar a la hora de usarlo?

—Mm... Bueno, la buena noticia es que no es en los brazos. Vas a poder trabajar tranquilamente. La inyección es en las nalgas. Puedes inclinarte sobre la silla o tumbarte en ella, como prefieras. La diferencia para mí es mínima, así que no te preocupes, elige la que te resulte más cómoda. —Fue entonces cuando me miró a la cara y vio mi expresión de pánico—. O, si prefieres, puedo llamar a alguna de mis compañeras para que lo haga una mujer.

El hecho de que me preguntase me hizo sentir algo más segura, así que le dije que no hacía falta, que podía hacerlo él. En ese mismo momento se me olvidaron todas las fantasías que había construido en mi mente, aunque solo por unos instantes. Ahora el enfermero buenorro era el enemigo, dispuesto a hacer que no pudiese sentarme bien durante las próximas cinco semanas. Estaba siendo injusta, lo sé, él no quería nada. Sólo intentaba hacer su trabajo. Pero cuando sabes que te van a clavar una aguja en el culo, la comprensión brilla por su ausencia.

Me bajé los pantalones y me incliné sobre la camilla para acelerar el proceso lo máximo posible. Además me parecía menos oficial. Me empecé a poner nerviosa al escucharle preparar la inyección. A pesar de tener unos cuantos piercings en la oreja y un tatuaje en la pierna, sigo sin ser fan de las agujas. Volví a dirigir la mirada al espejo, que ahora se encontraba justo delante de mí, para observar lo que hacía, intentando así calmar mis nervios. Error.

El escalofrío que me provocó el frío del espray desinfectante sobre mi piel contribuyó a disimular la emoción que me sobrevino al ver a ese hombre mirándome el trasero, y el tacto de sus dedos a través del algodón. Los pensamientos intrusivos se sucedían en mi mente tan rápido que no me daba tiempo a pararlos. Para cuando silenciaba uno, ya había otro invadiendo mi mente. ¿Qué pasaría si él tampoco llevase pantalones? ¿Y si la camilla empezaba a moverse con los muelles sonando por toda la consulta debido a nuestros movimientos desenfrenados? ¿Y si, en lugar de curarme la herida de la inyección, acababa acariciándome otra apertura cercana y mucho más placentera? Las imágenes me consumían y no era capaz de concentrarme en otra cosa que no fuese apagar esas ideas, mientras que mi mirada seguía fija en él y en sus ojos verdes que hacían casi juego con la bata de enfermero.

—Uno, dos... tres —dijo, e introdujo la aguja en el músculo. No pude evitar tensar las nalgas al sentir el frío líquido salir de la jeringuilla, y tuve que morderme los labios para ayudarme a lidiar con la incomodidad. Eso apagó mi libido, y lo que antes era lujuria se convirtió en angustia. Era una sensación muy desagradable: ese dolor que, aunque es completamente soportable, te hace sentir como si se te durmiese la parte del cuerpo afectada. Una señal de que algo va muy, pero que muy mal. Un dolor extremadamente molesto que deja un recuerdo de sí mismo después de que pase todo.

—Voy a tener que masajear la zona para que se extienda el líquido, ¿okay? —dijo. Sus ojos se encontraron con los míos que seguían fijos en el espejo—. Si te incomoda que lo haga yo, puedo llamar a alguna de mis compañeras, como te he dicho antes.

A decir verdad me estaba sintiendo bastante tensa, pero no por él sino por la situación tan absurda en la que estaba, evidenciada tras el desagradable pinchazo que me acababa de dar. Yo me estaba montando fantasías con el apuesto enfermero y él me estaba tratando como buen profesional que era, aunque eso significase que me tuviese que poner con el culo en pompa y tuviese que inyectarme en esa posición tan ridícula. Por lo menos estaba siendo sensible a mi situación. Más por orgullo que por otra cosa le dije que siguiese él, que total, no debía quedar mucho de aquella tortura.

Sus dedos empezaron apretando en la zona donde la aguja se había clavado. La presión aumentó el dolor y pegué un respingo.

—Perdona, tendré más cuidado.

Sin reducir la presión, supongo para evitar mayores molestias, continuó masajeándome cerca de la pequeña herida. Imaginé que se iba alejando de la zona de inyección, descendiendo despacio por mi nalga trazando círculos a presión, poniendo de manifiesto la jugosidad de mi carne. Mi fantasía siguió por largo rato. Imaginé que las bragas le incordiaban en su intento de aliviar mi dolor y que para seguir su labor me las bajaba hasta los tobillos. Su respiración se coló entre los recovecos de mi cuerpo al agacharse para acompañar mis bragas hasta abajo. Al subir, se detuvo unas milésimas de segundo a la altura de mis ingles para inspirar mi olor y luego paseó sus dedos entre mis labios para abrirlos. Me acarició de alante hacia atrás una y otra vez hasta que sus dedos estuvieron tan mojados que se deslizaron sobre mí sin apenas fricción. Separé las piernas para que tuviese mejor acceso. Más espacio significaba que podía encajar más cosas entre mis piernas, como, por ejemplo, su cara. Volví a imaginar que colocaba sus labios cerca de los míos y, llevada por la excitación que su tacto real estaba alimentando, fantaseé con que su lengua se aventuraba primero en mi interior y después hacia mi clítoris.

Perdida en mi mundo paralelo, no me había dado cuenta de que había traspasado las reacciones oníricas de mi cuerpo a la vida real. Tampoco podía ver la mirada de congoja que me estaba echando el enfermero porque tenía los ojos cerrados. Pero él tenía una vista perfecta de mi entrepierna ahora que yo tenía las piernas abiertas y la espalda arqueada.

Un gemido se me escapó de entre los labios. Angustiada, volví de golpe a la realidad. Él dejó caer los brazos a sus lados y me observaba con los ojos como platos. Me quedé congelada. Cualquier cosa que hubiese dicho para excusarme hubiera sido inútil: lo que había pasado era evidente, por mucho que intentase camuflarlo.

—Ya hemos terminado —dijo—. Puedes vestirte de nuevo.

Entonces me dio la espalda, velando ahora por mi privacidad en esa farsa que reproducen los enfermeros y las enfermeras por simular que no han visto lo que han visto.

Me subí los pantalones a toda velocidad, deseando salir de ahí lo antes posible. Cuando llegué a la puerta le oí carraspear y me giré para escuchar lo que me tenía que decir.

—Disculpa, pero me sabe mal que te vayas así. He visto lo que ha ocurrido. Sé que me estabas mirando desde el principio, y obviamente me he dado cuenta de lo que ha pasado... ahora mismo. Lo correcto sería que te dejase ir y que la próxima vez te atendiese una de mis compañeras. Pero yo... digamos que si no estuviese en el trabajo... te hubiese ayudado. No sé si me explico. Así que si te apetece, me gustaría quedar en otro momento. Mira, aquí tienes mi número. —Garabateó en un trozo de papel y me lo pasó—. Si quieres dame un toque alguno de estos días. Igual te puedes pasar por mi casa y te presento a mi novia. Creo que podríamos pasarlo bien.

—Perdona, ¿tu novia?

—Sí —respondió con una sonrisa—. Puedes estar tranquila, esta no es la primera vez que hacemos algo parecido. Tenemos una relación abierta, y muy transparente, como puedes ver. Si quieres venirte, avísame, sin presión. Si no, pues ya nos veremos por la consulta.

Abrió la puerta y me indicó que saliese con el brazo. Una vez en el pasillo yo fui hacia la salida mientras que él se dirigió hacia la sala de espera de nuevo, no sin antes despedirse con un guiño.

—Nos vemos pronto.

TUMBADA EN EL SOFÁ de mi casa, con la espalda apoyada en unos cojines para evitar que la zona dolorida de mi trasero tocase cualquier superficie, meditaba sobre qué hacer con el número que me había dado. Ahora que el dolor sordo de la inyección había llegado a su clímax, no me apetecía demasiado dejar que nadie me tocase, ni siquiera aunque fuese para darme un masaje tan agradable como el que me había dado el enfermero. Aun así sabía que en el futuro próximo, cuando el dolor se atenuase, sí que me apetecería. ¿Pero un masaje de la novia? Eso no lo tenía tan claro.

Había sentido curiosidad de vez en cuando por alguna chica, ese no era el problema. Aunque no me había atrevido a lanzarme en ningún caso, sí que había besado a algunas de mis amigas cuando estábamos borrachas y nos daba por "hacer el tonto". Que forma más estúpida y fácil de hacer como si nada después, pasase lo que pasase. "Hacer el tonto". Un eufemismo en toda regla. Lo que pasa es que estamos tan cachondas que nos da igual cómo calmar nuestra sed de contacto. A tomar por culo las reglas sociales y las apariencias. Luego llega el pánico. ¿Qué pensará de mí? ¿Quién soy, quién me gusta? ¿Qué pasará si la gente se entera? No de que me gustan las mujeres, que ya supone suficiente conflicto para algunos, sino de que me gustan los hombres y las mujeres. Y ¿cuál es la forma más fácil de obviar estas preguntas? Despegarnos entre risas cuando se nos baja la temperatura. *Jajaja qué absurda esta pulsión que me late entre las piernas cuando pienso en tus labios. Jajaja no me mires a los ojos, no vaya a ser que se me note.*

Así que no, el problema no era que fuese una mujer. El problema era que no tenía ni idea de cómo era, de si me iba a gustar, y no sabía tampoco si sería de mala educación escribirle a él para pedirle fotos de su novia para ver si me querría acostar con ella o no. No me parecía lo más elegante. Y sin embargo menos elegante sería presentarse en su casa e irme al conocer a su novia. Además, era eso o seguir con mi racha de sequía. Igual era mejor tirarse de cabeza a la piscina. Estar cachonda derrumba mis inhibiciones de lo que es socialmente aceptable casi al mismo nivel que el alcohol. Menos mal que nunca bebo sola. Queriendo quitarme los nervios de encima lo antes posible, le mandé todo lo que me rondaba la cabeza de golpe.

"¡Hola! ¿Qué tal? Soy la chica de la consulta, Valentina. He estado dándole vueltas al tema que me propusiste y me parece buena idea, salvo por el hecho de que no conozco a tu novia. No digo que salgamos a tomar un café antes, sabes, pero es que no sé ni cómo es físicamente. ¿Ella sabe ya de mí? ¿Quiere saber cómo soy? Bueno, ya me dices. *Ciao*!"

Y después solo quedó esperar. Saqué la tablet y seguí con el diseño que había empezado la semana anterior. Dibujar me absorbe a otro nivel así que si estoy estresada por algo, sé que es el momento perfecto para centrarme en el curro. Tengo esa suerte.

No salí de mi burbuja hasta un par de horas después, cuando me empezó a sonar la tripa para recordarme que tenía que cenar. Recalenté la comida que había hecho el día anterior y, mientras esperaba a que el microondas terminase, miré el móvil. Tenía varios mensajes nuevos del "Enfermero". No era un mote muy original, pero yo me expreso con colores, no con palabras.

"¡Hola! No tenía claro si me contactarías, qué *ilu* haber recibido tu mensaje :) Sí, ella sabe de ti y está abierta a que vengas. Tenemos más o menos el mismo gusto así que no me ha pedido mucha más información, pero si quieres puedes mandar alguna foto tuya y yo se las enseño. Te mando ahora algunas suyas".

A continuación venían tres fotos que me descargué en seguida para juzgar si sería esta la mujer con la que me aventuraría a descubrir el sexo en femenino.

"Nosotros tenemos libre el sábado por la mañana, si quieres puedes pasarte".

Y después aparecieron la dirección y sus nombres, Aida y Miguel.

Llegó el momento de la verdad. Sólo me hizo falta ver la primera foto para saber que sí, que me iba a lanzar a la piscina, y sin bañador. Creo que jamás había visto a ninguna mujer que me pareciese tan atractiva, e incluso sentí algo de celos hacia el enfermero. Probablemente semejante intensidad no se debía únicamente a la belleza de Aida, sino también a mi deseo, que ya se encontraba por las nubes, y a la predisposición de acudir al encuentro, pero en ese momento de verdad creí que no había mejor situación para lanzarme a explorar ese lado de mi sexualidad, que Aida era justo a quien necesitaba.

Me parecía injusto que yo tuviese una imagen de ella y ella no tuviese ninguna de mí, así que rebusqué en mi móvil y le mandé algunas fotos en las que, a mi parecer, salía medio decente. Unos minutos más tarde me llegó un último mensaje.

"Aida *approves*. ¿Nos vemos el sábado a las once, entonces?"

Contesté brevemente con el emoji con el pulgar hacia arriba y ahí terminó la conversación. Me puse a cenar y pretendía después irme a dormir como cualquier otro día de diario, pero mi mente no me dejaba descansar. Al final opté por encender el ordenador y me quedé hasta las tantas buscando en Google distintos términos que nunca antes había tenido que investigar: "¿cómo hacer un buen cunnilingus?", "¿a todas las mujeres les gustan los dedos?", etc. No me siento orgullosa de mi ignorancia, pero sí de haberme informado antes de darme el batacazo.

LLEGÓ EL SÁBADO POR la mañana, y ahí estaba yo, llamando al timbre de la casa de un desconocido para tener sexo con él y con su novia. Cuando se lo había comentado a mi amiga Laura, había flipado, aunque al menos fue para bien. Cuando le enseñé la foto de perfil de él y una de las fotos de ella, flipó aún más. No es la persona más profunda a la hora de hablar de sexo, me lo dejó todavía más claro aquel día, pero sabía que fuese lo que fuese lo que hiciera, no me iba a juzgar. Incluso aunque no entendiese algunos de mis gustos, Laura era un espacio seguro. Es la única que sabe la dirección a la que fui ese día, por si acaso.

La situación me había parecido muy extraña al principio, mientras reflexionaba sobre si mandarle un mensaje a Miguel o no. Pero ahora que había tenido unos cuantos días más para darle vueltas, el agobio se había transformado en emoción. No era mi primer trío pero, como ya os he dicho, sí sería mi primera vez con una mujer, además del primer trío que me montaría con gente que no conocía.

Cuando llamé al timbre, llevaba una sonrisa mal disimulada pintada en la cara. Casi rompí la norma no escrita de esconder las emociones fuertes por la calle al oír a Miguel responder al telefonillo, pero logré contener los saltitos de emoción que mi cuerpo me pedía. Subí las escaleras medio danzando, con el consecuente peligro para mi verticalidad, y a punto estuve de comerme un escalón en el ascenso del ansia pura que me carcomía.

Me recibieron en el pasillo con la puerta abierta y me hicieron pasar para enseñarme por encima la casa, todo salvo su habitación, que tenía la puerta cerrada. El tour acabó en el salón, donde habían colocado en el suelo varias colchonetas, parecidas a las de educación física, cubiertas por mantas. Por la sala habían encendido un porrón de velas, de modo que todo olía a vainilla y rosas. Aunque parece un poco cutre así dicho, la estética estaba muy cuidada, y la verdad es que era un buen apaño para evitar acabar aglomerados en el sofá, que sin duda no tenía hueco para tres cuerpos estirados, o acabar teniendo que tirarnos en el duro suelo de madera.

Miguel volvió a la cocina para hacer té para nosotras mientras que Aida me invitó a sentarme con ella en las colchonetas. Intentó empezar una conversación, lanzándome preguntas estándar a las que yo respondía con el mínimo de información y palabras posible. No soy ni reservada ni aburrida, pero estaba nerviosa, eso sí. En mi cabeza me había imaginado que llegaría y habría una tensión sexual casi animal de inmediato. Que tendríamos que contenernos para cerrar la puerta antes de empezar a arrancarnos la ropa. Y, sin embargo, me habían hecho un tour de la casa y ahora intentaban charlar conmigo como si estuviésemos en una cafetería.

Miguel volvió con los tés y se unió a la ronda de preguntas. Tras unos minutos intentando sacarme las palabras, mientras yo usaba la bebida como escudo, se miraron de reojo. No debía de ser la primera vez que pasaba esto porque se entendieron sin necesidad de palabras. Él posó una mano en la rodilla de Aida y volvió su mirada hacia mí.

—Pareces un poco nerviosa, ¿estás bien? —me preguntó. Fui a contestar pero Miguel siguió, parecía que quería sacarlo todo antes de que pudiese explicarme—. Si es así, no hace falta que hagamos nada, ni hoy ni ningún día. Podemos simplemente charlar hoy, ver si surge, o podemos conocernos más y quedar otro día... como tú quieras, no hay nada escrito.

Tras asegurarme de que no quería añadir nada más, empecé mi explicación.

—Bueno, la cosa es que nunca he tenido una charla en este contexto con nadie, ¿sabéis? Me pone un poco nerviosa hablar sobre todo y sobre nada, cuando los tres sabemos por qué he venido hoy en realidad.

—Ah, pues nosotros sólo lo hacemos para que la gente se sienta más cómoda, así que si eso no funciona para ti... podemos obviarlo.

Y con eso se acabó la cháchara. La mano de Miguel se deslizó por la pierna de Aida casi como por gravedad hasta topar con su cintura. Sus miradas se enturbiaron en un abrir y cerrar de ojos; podrían haber derretido el Polo Norte. De cero a cien en dos segundos. Comenzaron a besarse. Yo estaba lo suficientemente cerca como para ver las lenguas de ambos luchando por mantenerse arriba. Quizá porque esa imagen –lenguas serpenteantes y húmedas restregándose– casi nunca sale en las películas, ni siquiera en las que tienen escenas de sexo explícito, me pareció lo más excitante que había presenciado hasta ese momento.

Puesto que los tríos que había tenido antes habían sido con hombres heterosexuales, os podéis imaginar que mis momentos de respiro durante la acción usualmente habían sido mínimos. A veces tenía que dejarme hacer por puro agotamiento, pero nunca podía ver desde fuera ni observar la dinámica y la química entre dos personas sabiéndome partícipe pero en pausa. Lo que vi ese día no lo puedo comparar con nada que haya visto antes o después. Me abrieron una ventanita por la que observar el amor. Eso era lo que salía de sus ojos cuando se miraban, amor puro. Parecían irradiar luz, y la intensidad de la situación en la que luego me vi envuelta, derivada de esa atmósfera de deseo sucio y puro a la vez, es imposible de entender sin haber sentido esa conexión. Aunque suene ñoño, me siento afortunada de haberme visto en una situación así; ahora sé lo que buscar para decidirme por una pareja.

Según se les iba agotando el aliento, enfrascados en su beso, mi respiración se aceleraba y se volvía más superficial. Cuando las manos de Miguel se deslizaron bajo la camiseta de Aida, apreté el estómago sin darme cuenta, queriendo sentir las cosquillas de unos dedos curiosos subiendo por mi torso también. Sentí un cosquilleo en el cuello cuando Aida colocó su brazo alrededor de Miguel y se encaramó sobre él. Notaba el calor subiéndome por el cuerpo hasta las mejillas y recalentándome el cerebro. La ropa me pesaba, me parecía más una prisión que una protección contra el frío del invierno al que me había expuesto antes. Quizá por eso, o quizá porque quería atención y no sabía cómo pedirla, me quité el jersey y la camiseta, todo de una vez, con un movimiento brusco y demasiado llamativo como para ser elegante.

El repentino movimiento llamó la atención de la pareja, que dirigió sus deliciosas sonrisas hacia mí esta vez. Se acercaron a cuatro patas hasta donde yo estaba.

—Parece que ya estás más relajada —me susurró Aida. Sus palabras viajaron desde mi oído hasta otras entradas a mi cuerpo localizadas más al sur, dejando una sensación de agradable tensión a su paso.

Relajada no estaba, pero incómoda tampoco. Y menos cuando ambos comenzaron a morderme las orejas, cada uno a un lado, y a lamerme y besarme por el cuello. No podía ver sus miradas, pero sentía el diálogo silencioso que estaban teniendo y que me revolvía el estómago por la anticipación. Me tumbaron sobre la colchoneta, cada uno empujándome sobre ella de un hombro. Descendieron en sincronía hasta mi torso, dónde cada uno se perdió en su mundo: Miguel recorría el perfil de mi pecho izquierdo mientras que Aida se entretenía jugando con el pezón derecho. Se miraban y me miraban, estudiando mi reacción, descifrando mi patrón de placer.

Percibía la necesidad creciente de iniciarme de una vez por todas en el amor a una mujer. De hacer yo en lugar de que me hiciera. Le puse un dedo bajo el mentón, que me acariciaba las costillas sin querer, el efecto rebote de su empeño con mi pecho. Para evitar hacerle daño la insté, más que obligué, a subir a la altura de mi rostro, que esperaba ansioso sus labios. Me lancé como leona sobre presa, dispuesta a devorarla para que no quedase un milímetro de sus labios sin descubrir. Quería explorar la suavidad de su piel, pero su camisa estaba en medio. Uno a uno fui desabrochando los botones que mantenían su cuerpo tapado, olvidándome por un instante del otro jugador de la partida.

Viendo que no había hueco para él sobre mi cuerpo en ese instante, Miguel volvió a centrar su atención en Aida. Más impaciente que yo, se coló por debajo de la camisa y divisó las curvas del final del abdomen, que se veían acentuadas por el ángulo que tenía ella contra la colchoneta. Trazó dicho camino con los labios desde la cadera alzada hasta la línea de los pantalones, que rápidamente desaparecieron, dejando en su piel tan solo la marca de la censura inútil de unos vaqueros elásticos. Mientras tanto, yo había logrado desabrochar por fin la camisa, que cayó revoloteando a sus espaldas.

Descendí desde sus labios hacia su vientre, dibujando una línea zigzagueante que pasó entre sus pechos, no sin antes entretenerme en el saliente de su clavícula. La línea después se desvió cuando llegué al contorno inferior de sus pechos. Miguel me recordó que debía seguir bajando al unirse al recorrido desde abajo, y nos encontramos a mitad de camino, sobre el ombligo de Aida, donde se produjo de nuevo un intercambio de besos y saliva, de calor y energía.

Nuestro beso se elevó cuando Aida deslizó su mano por debajo de nuestras barbillas para llegar al tesoro que había sido revelado cuando Miguel le bajó los pantalones.

Notábamos el movimiento circular de sus dedos que se extendía por su antebrazo, dejándonos ver de reojo el precioso baile de músculos bajo su piel. Tanto Miguel como yo queríamos observarla al nivel de sus labios superiores, que se abrían y cerraban en una sinfonía de suspiros y gemidos, pero también al de los inferiores, que comenzaban a empañar la tela de su ropa interior. Aida quería vernos a nosotros en detalle también, pero eso resultaba complicado en aquella posición, así que optamos por movernos para conseguir una visión panorámica sin cesar en nuestra unión. Nos alzamos sobre nuestras rodillas y nos movimos hasta sus pies sin dejar de besarnos.

Al poder vernos de arriba a abajo, Aida gimió más alto, echando la cabeza sobre la colchoneta durante unos segundos antes de volver a mirarnos. De un plumazo se quitó los pantalones y las bragas, que seguían entorpeciendo sus movimientos y nuestra línea de visión.

Quizá como recompensa a este pase VIP a su deseo, o quizá instigado por los sonidos de placer que salían de la boca de su novia, los besos con Miguel se tornaron más sucios. Me lamió el exterior de los labios, trazando su forma exacta, mientras la miraba a ella, estudiando su reacción. Al final del trayecto, me invadió con su lengua, llenando mi boca de su sabor, salado pero con un ligero toque a perfume, tenue recuerdo del té conversacional.

Una vez seguro de que tenía a Aida suspirando de tensión, volvió a centrarse en mí. Seguía explorando con su lengua, como si quisiera rebañar hasta la última gota de mi saliva, mientras me sentía con las manos. Digo sentir porque parecía que buscaba como acordarse de cada centímetro, de tan intensas que eran sus caricias. Recorrió la curva de mi espalda, la hendidura de mi columna, las caderas, y volvió a subir, deteniéndose en mis pechos. Como por arte de magia pasó de toqueteos casi desesperados a caricias tan delicadas que costaba percibirlas. No era mi estilo. Apreté sus manos contra mis senos con fuerza, dejándole claro cómo me gusta que me toquen.

Instantes después llegué hasta su camiseta e inspirada por el estado de desnudez en el que se encontraba su novia, que seguía haciéndose notar por los sonidos de placer que manaban de su boca, se la arranqué de un tirón. Viendo su pecho desnudo, me entró una necesidad apremiante de devorarle más abajo de lo que ya lo estaba haciendo. Me zafé de sus labios y posé los míos sobre sus pectorales. Pero lo pensé mejor y opté por una forma más rápida y fácil de saborear su piel; saqué la lengua y le recorrí desde el pezón hasta el cuello, intentado apoyar cada milímetro de ella sobre su piel. El delicioso sabor del sudor fresco me hizo perder la poca cabeza que me quedaba, y desesperada por saborear todo lo que pudiese en esa sesión, descendí hasta la línea de vello que se dejaba ver sobre el borde de sus calzoncillos. Los bajé acompañados de los pantalones holgados que llevaba.

Oí un quejido especialmente lascivo desde la posición de Aida, y tuve el tiempo justo para girarme y ver como dos de sus dedos se hundían en su interior. No fui la única que se vio sobrecogida por esa imagen. En un segundo, Miguel se encontraba entre las piernas de Aida, con la lengua colocada encima de su clítoris, haciendo círculos cada vez más rápidos. Cuando parecía que Aida no iba a aguantar más, Miguel paró en seco, forzando un gemido de exasperación de la boca de ella. Y vuelta a empezar, mientras ella seguía acariciándose por dentro con sus dedos.

Aunque me habían cortado en seco, mi grado de ardor era demasiado elevado para saciarme sola. Por eso me colé por debajo de Miguel, con la cara a la altura de su miembro y el cuerpo en perpendicular al de Aida.

Imitando la poca delicadeza que parecía tener la atmósfera del encuentro de hoy, me introduje el pene de Miguel en la boca lo más profundo que pude sin que me provocase arcadas. Probablemente eso hubiese sido demasiado intenso en otras circunstancias, pero hoy no. Oí a Miguel resoplar contra el coño de Aida y le vi agarrarse con fuerza a sus posaderas, así que seguí con mi tarea, sujetando el pene de la base para tener mejor puntería al reintroducirlo entre mis labios con cada ida y venida.

Cuando me acostumbré a la postura, empecé a jugar un poco más. Acompasé el movimiento de mi mano al de mis labios y volví a sacar mi lengua para la acción. Alternaba entre el roce de mis labios y la humedad de mi lengua. Haciendo alarde de mi capacidad de concentración, empecé a acariciar con la otra mano los huevos de Miguel. Tras haber catado múltiples vergas, puedo decir que esa zona del cuerpo es una de las más suaves –quizá superada únicamente por los labios menores de las mujeres–, muy agradable de acariciar y de lamer cuando se encuentra exenta de pelo, como era el caso.

Absorta en mi tarea, estaba segura de que no había nada que pudiese desviar mi atención. Sin embargo, no contaba con la destreza de Miguel y, posiblemente, su práctica. Sentí su mano deslizarse partiendo de mi estómago hacia el sur hasta colarse entre mis piernas. Su movimiento era limitado porque aún estaba devorando a su novia, pero llegaba al punto justo que llevaba un tiempo queriendo atención. En aquel momento me era imposible saberlo, pero la clave era que los círculos que trazaba sobre mi clítoris eran los mismos que trazaba con la lengua sobre nuestra otra amante. Me entran escalofríos sólo de pensarlo. Debíamos estar todos en sincronía en aquel momento, puesto que Miguel y yo acabamos coordinados sin haberlo pretendido.

El juego se había vuelto más entretenido con el nuevo nivel de dificultad. Era complicado centrarme en disfrutar tanto de los dedos que me acariciaban a mí como de acariciar yo a mi compañero con la mano y la boca. Y sin embargo era de lo más divertido, sobre todo al escuchar los gruñidos de Miguel cuando probaba algo nuevo. Rodear el glande con la punta de la lengua, apretar en esa parte tan sensible del miembro de un hombre donde conectan la piel que se desliza sobre la erección con la erección propiamente dicha, introducirla más profundo. Estaba salivando demasiado como para mantener todo el líquido en la boca, y éste se había ido deslizando por el pene, pringándolo todo.

—Quiero a Valentina. Aquí —le oí decir a Aida.

Miguel se apartó un poco para dejarme salir y que viese a su pareja señalándose la cara. No me hice de rogar y en medio segundo ya estaba encima de ella, mirando hacia su sexo. ¿Iba a perder mi virginidad lésbica definitivamente? La respuesta llegó en forma del calor húmedo de la lengua de Aida contra mi coño.

Sin pensármelo dos veces me lancé yo también entre sus piernas, tomándole el relevo a Miguel, que de nuevo se quedaba desplazado momentáneamente fuera de la acción, aunque no parecía especialmente molesto por ello. Simplemente se echó hacia atrás y se sentó entre las piernas de Aida para observarnos, con su mano viajando a toda velocidad por la longitud de su miembro. Mi saliva acabó esparcida tanto por su erección como por su mano, y alguna que otra gota, generada por el vaivén de la fricción, se deslizó sobre sus testículos para caer sobre las mantas que protegían la colchoneta.

Pero no podía deleitarme demasiado en el placer de Miguel. El ángulo con el que tenía que doblar la cabeza para verle me resultaba muy incómodo a la hora de dedicarle a Aida la atención que merecía. Al saborearla por primera vez, me pregunté por qué me había negado esta posibilidad durante tanto tiempo. Sabía por qué, pero independientemente del número de rechazos y de confusiones que hubiese habido por el camino, este final, el sabor salado de la esencia de una mujer, me hubiese merecido la pena.

Dominada por la lujuria y cansada de estar tirada sobre su espalda, Aida me agarró de las piernas, justo debajo de las nalgas, y con un empujón y algo de mi ayuda, giramos sobre nosotras mismas para que ella acabase sobre mí. Ahora Miguel tenía un primer plano del coño de su novia y de mi lengua adentrándose en él. Nada más ver eso, Miguel se nos acercó, y se inclinó sobre Aida para decirle, con un tono que pretendía ser un susurro, pero que, acelerado por el deseo, sonó alto y claro:

—¿Puedo?

Aida pausó momentáneamente sus quehaceres para asentir, cosa que tampoco hubiese hecho falta, puesto que levantó sus caderas y empujó hacia atrás, absorbiendo cada centímetro de Miguel en su interior. Me preocupé por un segundo, pensando que mi degustación se había terminado, pero tras asegurarse de que tenía lo que quería, Aida volvió a bajar hasta mí. Emocionada porque podía seguir disfrutando de ser devorada a la vez que devolvía el favor, reincorporé el clítoris de Aida entre mis labios, protegiéndolo en la caverna húmeda y caliente que es mi boca, y recompensé cada trazo de su lengua sobre mí con otro en su extremo.

Tras una breve pausa para recomponerse, Miguel empezó a moverse. Por si no había tenido suficientes novedades por ese día, ahora tenía un primer plano de acción a milímetros de mi rostro. No iba a poder aguantar. Rodeé los hombros de Aida con mis piernas y empujé su cabeza más cerca de mi epicentro, mientras que ampliaba mi zona de acción para englobar los genitales de mis dos amantes. Sentir cómo Miguel entraba en Aida a la vez que ella introducía el primer dedo en mi interior me hizo ver las estrellas.

Comparado con el resto de la sesión, el orgasmo fue bastante poco dramático. La tensión que llevaba acumulando durante lo que debía ser ya una hora se liberó de golpe con un estremecimiento que me recorrió de arriba abajo y que me obligó a echar la cabeza hacia atrás. Sin darme cuenta, perdida como estaba en mi propio placer, mi barbilla se elevó hasta el botoncito de placer de Aida, y tocó ahí en el ángulo y con la presión perfecta para que ella, sin previo aviso, llegase también en un orgasmo que fue mucho más evidente que el mío. El grito de Aida le dio tal subidón a Miguel –aunque he de insistir en que el mérito fue mío– que llegó también inmediatamente. Tanto juego para que luego todo acabase así, en apenas unos segundos. No lograba ver sus caras así que no tenía ni idea de cómo estaban reaccionando ante este final tan repentino.

A decir verdad, para mí podría no haber sido el final. Pero no debía quejarme. La velada había sido mucho mejor de lo que esperaba y había sentido el deseo más intenso que había experimentado jamás. Sin contar con que había saltado por fin por encima de la valla que me mantenía limitada al cerco de las relaciones heterosexuales. Al menos ahora ya sabía lo que había al otro lado.

Nos quedamos unos instantes quietos. Creo que a día de hoy los jóvenes de treinta años necesitan una pausita incluso tras ejercicio tan moderado. Había que comprobar si nos crujían las rodillas, si se nos había dormido una pierna, o si había que despegar la piel de algún trozo de plástico que se escapase de debajo de la protección de las mantas... Pero estaba todo correcto, así que se quitó Miguel primero, con cuidado de que no cayera semen en mis ojos, un detalle que agradecí bastante, la verdad, porque escuece como el demonio. Después Aida se despidió con un beso en cada una de mis ingles y se tumbó a mi lado con las piernas en alto. Por último, me levanté yo, me limpié con un clínex que me pasó Miguel y busqué mi ropa interior por las mantas.

Como Aida no se movía, me quedé mirándola, confusa ante una postura tan incómoda. Igual es que era yogui, o alomejor tenía algún problema de espalda y tenía que estirar después de hacer esfuerzo. Sentía que teníamos una conexión especial después de lo que habíamos compartido, así que quise ayudarla y le pregunté.

—¿Estás bien? ¿Te has hecho daño?

Aún estando en una posición tan extraña, Aida soltó una carcajada, que se oyó medio enmudecida por la compresión a la que estaba sometiendo su diafragma.

—No, no te preocupes, estoy bien —murmuró—. Es que estamos intentando tener un bebé.

Sus ojos brillaron casi con la misma intensidad que cuando miraba a Miguel al principio del todo. No podía camuflar el amor que sentía por aquella criatura todavía inexistente. Pero para mí la palabra bebé estaba asociada a caos y a dificultades, y el miedo es una de las emociones que a mí no se me da nada bien ocultar. Alterada por haber presenciado, potencialmente, la creación de un ser humano, que de alguna manera estaría asociado a mí, aunque no fuese biológicamente, me terminé de vestir, disimulando lo mejor que podía mi cambio de humor radical. Me despedí con un "ya nos veremos, tenéis mi número para lo que sea" y salí a toda pastilla del apartamento. Cerré la puerta tras de mí con demasiada fuerza como para mantener la fachada de calma tras la cual me pretendía esconder.

Las imágenes que llevaba tanto tiempo sin revivir invadieron mi mente sin mi permiso. El miedo y la angustia que pensaba haber dejado atrás, en aquella consulta del médico hace cuatro años, volvieron.

Por suerte, no había estado sola. Mi madre, cuya mano apretaba la mía con fuerza en la camilla del hospital, había estado a mi lado repitiéndome una y otra vez "inhala, exhala". Eso hacía ahora, mientras caminaba, o más bien corría, de vuelta al metro.

Para cuando llegué a las escaleras de la entrada a los túneles, mi respiración y mi paso se habían calmado. Me agarré a la barandilla por si acaso, y bajé peldaño a peldaño, prestando atención a cada paso que daba para distraerme del giro oscuro que había dado mi mente. Al final de las escaleras, las lágrimas habían revertido y una sonrisa temblorosa se abría paso en mis labios. Había sido una mañana estupenda y no iba a dejar que los recuerdos me la amargasen. Recuerdos que no tenían nada que ver con quién soy yo ahora, con lo que deseo para mí. Lo pasado, pasado está.

Una última respiración y los restos finales de angustia se evaporaron y dejaron paso a un pequeño rayo de ilusión por la pequeña criatura que quizá se acababa de formar y que de alguna manera estaría conectada conmigo, aunque no fuese biológicamente.

Servicio a domicilio

Estaban sentados en el sofá de su casa, ella con su libro y él con el móvil. Incluso cuando estaban cada uno a sus cosas, les gustaba estar en contacto, así que Lucía descansaba tumbada con sus piernas encima de las de Rubén, mientras él le masajeaba la planta de los pies con la mano que le quedaba libre.

Por el rabillo del ojo ella le veía morderse el labio inferior, signo inequívoco de que le estaba dando vueltas a algo pero, como no le gustaba que le presionasen, decidió dejarle el espacio que necesitase hasta que él mismo se atreviera a soltarlo. Tras unos minutos rumiando, por fin se decidió a ello.

—¿Sabes la plataforma esa que descubrimos el otro día? La que se supone que era para alquilar a tu novio. Todo "ironía", por supuesto. —Ella asintió—. Pues me dejó pensando, ¿sabes?

—Qué, ¿quieres que te comparta? ¿Te pone la idea? Si quieres montamos una página web de alquiler de comedor de coños para sacarte el máximo partido, ¿te parece? —le dijo. A Lucía le gustaba llevar las cosas al extremo para ver cómo reaccionaban los demás. Normalmente las personas se quedaban descolocadas, aunque algunas veces la que se había quedado en shock había sido ella al escuchar las respuestas.

—Hombre, pues en la realidad no sé, pero en mis fantasías... pues me pone muy burro, la verdad. Fantaseo con que me has encontrado en una especie de catálogo web, y que me has elegido de entre un montón de tíos que se supone que también saben devorar coños, y se me pone más dura que la barra de las escaleras. Luego me imagino que me tiras en la cama, con la falda esa que llevas ahora y te quitas las braguitas de encaje que sé que has escogido, que no te creas que no te he visto, y me las pasas por la cara, así suavecito, para que me llegue el olor solo. Como para chincharme, ¿sabes? —Rubén movió la mano hasta su entrepierna, donde ahora se podía apreciar un bulto apretando contra la tela del pantalón.

Lucía se levantó del sofá y fue hasta la mesa grande donde celebraban las comidas familiares. Agarró el respaldo de la silla que tenía más cerca y la arrastró hasta el centro del salón. La señaló con un movimiento de cabeza, invitando a Rubén a que se sentase en ella. Rubén obedeció sin mediar palabra y avanzó hasta la silla con los ojos fijos en su amante. Parecieron bailar alrededor de la silla: mientras él avanzaba hacia ella, Lucía rodeaba el mueble, manteniéndose lejos de su alcance, hasta que él se sentó y ella se colocó delante a una distancia prudencial.

Los ojos de él la devoraban, veían a través de la camisa el cuerpo que tanto deseaban. Fueron bajando hasta sus caderas, dónde ahora descansaba el vuelo de la falda, revelando que, efectivamente, llevaba bragas de encaje. Con su sonrisa picarona, la sonrisa que indicaba que tarde o temprano iban a estar en la cama haciendo rechinar los muelles, Lucía se bajó las bragas, inclinándose y dejando a la vista sus pechos, que se apreciaban por el escote de la camisa. Rubén se apretaba el paquete con la mano, bloqueado, moviéndose lo menos posible para no cortar el espectáculo que estaba a punto de comenzar.

Cogiendo las braguitas de un lado, Lucía se acercó contoneándose hacia Rubén. Cuando llegó hasta él, pasó por su lado despacio, acariciando su rostro con las bragas y dejando el olor de su intimidad flotando delante de su nariz, para colocarse finalmente detrás. Soltó las bragas, que cayeron al suelo, sabiendo que él se moría de ganas de cogerlas e inspirar fuerte para absorber cada molécula de su aroma. Pero ella quería guardarse ese deseo para luego, para cuando la inspirase a ella, y no a un trocito de tela.

Colocó las manos en los hombros de Rubén y bajó hasta el borde de los pantalones, altura a la que sus pechos se posaron en su nuca. Coló su mano debajo de la de él y apretó lo suficiente como para sentir la forma de su miembro contra su palma.

—Sigue, sigue, que me estaba gustando la historia —dijo Lucía—. ¿Qué más te imaginas?

—Em, bueno, pues luego te colocas encima y subes por mi tripa, dejando un fino rastro sobre mi torso. Cuando llegas al pecho, te rozas contra mí más fuerte mientras gimes y me dejas un charquito en el centro. Al final te posicionas encima de mi cara, pero sin tocarme todavía. Solo puedo verte, ver tu coño húmedo y delicioso. Aunque no conociera tu sabor aún, después de haberte olido no me cabría ninguna duda de que sabría de maravilla. Te quedas así unos segundos, y yo, impaciente, intento bajarte para poder comerte, pero no me dejas. En lugar de acercarte hacia mi cara, cada vez que tiro de ti desciendes de golpe sobre mi pecho, dejando claro quién va a marcar el ritmo. Al fin y al cabo, has pagado por el servicio, yo estoy ahí para complacerte. Luego te vuelves a levantar y a colocarte sobre mi boca, bien estirada para que yo no llegue. Me pones las manos sobre tus nalgas, por debajo de la falda. Yo me agarro ahí fuerte porque es lo único que me dejas tocar, y ya estoy con el pantalón a punto de reventar.

—¿Como ahora? —preguntó Lucía, apretando de nuevo contra los vaqueros. Rubén asintió—. Entonces habrá que aliviar un poco esa presión. —Lucía le desabrochó el pantalón y abrió la cremallera para que el bulto que reflejaba la excitación de su novio fuese claramente visible a través de los calzoncillos. A continuación metió la mano por debajo de la ropa interior y estiró el miembro que había crecido como buenamente había podido debajo de aquella recia tela. La punta asomó y se empezó a mojar nada más liberarla.

—Venga, sigue, que me tenías enganchadísima.

—Ya, p-pues entonces me pones la mano en la frente para fijarme la cabeza contra la cama y bajas despacio hasta mis labios, abriendo los tuyos con la otra mano. Yo intento mirar como loco, pero no me dejas mover la cabeza y me tengo que conformar con ver de refilón cómo te posas sobre mí y sentir tu humedad contra mi boca y mi barbilla. Tal y como había predicho, hueles de maravilla. Necesito saborearte, así que saco la lengua solo un poquito y te toco en el centro, ligeramente por encima de tu agujero, lo que te hace gemir con la cabeza echada para atrás.

»Me emociono, qué quieres que te diga, porque si te gusta eso, no sé cómo vas a acabar cuando termine mis servicios. Te lamo los labios menores por dentro, me los meto en la boca intentando llevarme hasta la última gota del flujo que ya te ha empapado. No sé qué te había excitado tanto: si era yo o lo que venía a hacerte; pero me da igual. Aún te tengo agarrada de las nalgas, así que no me cuesta nada empujarte un poco hacia arriba para poder entrar fácilmente en tu interior con la lengua y ensancharla, para que sientas mi roce por todos los lados de tu entrada, dando vueltas dentro, saliendo y haciendo círculos alrededor, lamiendo por fuera de arriba abajo. Me encantaría estar dentro de ti, notar cómo te dilatas, cómo cada vez mi lengua ocupa menos y vas dejando hueco para que, llegado el momento, pueda meterte dos, tres dedos y llegar a tu punto G.

Esto último lo dijo mirándola a los ojos, distraído por un momento de su historia ante la poderosa ola de deseo que le sobrevino al recordar escenas reales de sus aventuras amorosas. Pero se recompuso en unos segundos y retomó su fantasía.

—En mi cabeza tú necesitas más, claro, así que te empiezas a mover contra mí, dejándome la barba impregnada de ti y acercándote cada vez más a mi nariz. Me llegan oleadas de tu intenso olor, exacerbado por el calor que mana de ti. Repentinamente me tocas sin querer la nariz con el clítoris y abres los ojos de golpe, extasiada. Así que te muevo hacia atrás y lo aprisiono entre mis labios, presionando suavemente y moviéndolo con la lengua, protegiéndolo dentro de mi boca. Gritas de placer –no estás acostumbrada a un placer tan intenso, quizá, o a lo mejor no te lo esperabas–. Sigues gimiendo, aunque tus movimientos se calman, no fuese a salirse tu pepita de entre mis labios. Yo muevo mis manos tentativamente hacia adelante y tú no me mandas parar. Te tengo loca, no sabes si follarme la cara o dejarme hacer, estás alucinando. Es uno de mis mejores servicios hasta el momento. —Rubén miró hacia arriba y le guiñó un ojo a Lucía, deseando que ella le besase. Sin embargo, ella no quería distracciones que la sacasen de la historia.

—Uno de mis dedos desaparece dentro de ti y gimes profundamente desde lo más hondo de la garganta. Te meto el segundo, estás muy abierta ya. Pones los ojos en blanco. Entonces comienzo a mover mis dedos contra tu pared, apretando en el lugar que te hace gemir más alto. Claro, yo teóricamente no lo sabría, pero uno se puede tomar esas licencias al imaginarse su propia fantasía —aclaró Rubén—. Libero tu clítoris para seguir lamiéndolo más libremente, jugando con él. Pruebo a apretar con la lengua, a hacer círculos, a hacer líneas y letras para ver qué es lo que más te gusta.

—Supongo que también sabrías ya la respuesta a eso, ¿no? —preguntó Lucía—. ¿Qué es lo que más me gusta?

—Mejor lo dejamos como acertijo, si te parece. Así te lo puedo mostrar con hechos y no con palabras —dijo Rubén, pasándose después la lengua por el labio superior. Siguió con su historia—. Cuando te tengo a punto, con los dedos empapados hasta la última falange, muevo la lengua alrededor de tu clítoris en lugar de por encima. Me miras airada y yo sonrío de lado.

Esa misma sonrisa se dibujó en los labios del Rubén de carne y hueso, quién sabe si intencionadamente para aclararle lo que quería decir a Lucía, que todavía le miraba desde arriba, o porque no podía evitarlo sintiéndola expectante a sus espaldas.

—Es un movimiento arriesgado, pero no quería que llegases aún. Eso sería demasiado fácil. Con la sonrisa todavía en mis labios, saqué la lengua y te di un lametazo rápido con la punta. Noté las paredes de tu vagina contraerse y te vi arquear la espalda. Te había molestado, pero no lo suficiente como para mandarme a paseo. Querías más, y por eso había parado yo... no quería que se te acabase el disfrute tan rápido.

»Abrí tus labios con la mano que no estaba engullida por tu coño, te desplegué ante mí y me quedé un segundo atontado. Sé que no sería muy profesional por mi parte, pero querría hacer más cosas aparte de comerte. Y querría comerte de más formas. Saqué mis dedos y me escabullí entre tus piernas para ponerme detrás y levantarte la falda. Vi tus nalgas redondeadas en esa postura tan atractiva. Dos montes con una punta deliciosa. Los mordí sin apretar, como una especie de pellizco dentado. Después te fui besando por los cachetes, inclinándote a la vez para poder llegar bien hasta ti desde detrás. Por fin alcancé la parte más sensible, esa parte que está entre tu culo, siempre tan apetitoso, y tu vulva. Un lengüetazo aquí y allá y abriste más las piernas para dejarme mejor acceso.

Lucía dio la vuelta a la silla y se quedó justo en frente de Rubén. Sin pensarlo dos veces se inclinó y se sentó encima de él poniendo sus zonas íntimas en contacto. Pero no avanzó más. Se quedó así. Quieta.

—Creo que me estabas contando algo. Perdóname si te he distraído —dijo.

Rubén, ya metido en el juego al cien por cien, siguió contándole su fantasía mientras rodeaba a Lucía por la cintura.

—Me aventuré entre tus piernas. Era un ángulo más difícil, pero también más excitante. Volví a lo que estaba haciendo antes, esta vez con tres dedos dentro. Te acaricié el clítoris con el pulgar, usando tu jugo como lubricante. Gemías, gritabas. Te seguí mordiendo suavemente por las nalgas y la parte superior de las piernas, y luego con la lengua te apreté el perineo. Empezaste a moverte atrás y adelante, liberando mis dedos y volviéndolos a aprisionar entre tus paredes.

—¿Cómo, así? —dijo Lucía, mientras comenzaba a balancearse sobre el miembro de Rubén. Él la apretó contra sí con un resoplido. En pocos instantes la lubricación que había empezado a escaparse de entre los labios de Lucía se extendió por la erección de su pareja—. Sigue, sigue, a ver si llegamos al *grand finale*.

Con la cabeza echada hacia atrás y los ojos cerrados, Rubén trató de seguir.

—Tú... tú te acodaste en la cama para tener las manos libres y así poder tocarte los pechos, pellizcarte los pezones. Saqué mis dedos de tu interior para curvarte la espalda y facilitar el acceso de mi boca a tu coño. Me pringué entero. Nariz, labios, barbilla... Pero aún no era suficiente. Quería que me mojases con más que tu flujo, quería darte el mejor sexo oral que hubieses tenido en tu vida. Para eso me habías contratado.

»Te di la vuelta y te abrí las piernas todo lo que se podía. Me miraste a los ojos, parecías leerme la mente por la intensidad que reflejaban los tuyos. Yo te deseaba, obvio, y tú lo sabías, pero hacer algo más de aquello a lo que había venido supondría romper el contrato, y eso nos podría dar problemas. Por mucho que me doliese, tendría que quedarme al margen, darte aquello por lo que habías pagado e irme a casa a solventar el incordio que me había crecido entre las piernas. Como mucho podía cruzar los dedos porque te hubiese gustado y me volvieses a contratar.

»Seguí a lo mío, pues. Bajé por tu pierna dándote besos, empezando desde el tobillo. Noté tu mirada impaciente taladrándome la nuca, pero yo ya no alcanzaba a verte. Cuando llegué a la altura de tus rodillas, donde ya alcanzas a agarrarme, me pusiste la mano en la cabeza y me empujaste hacia ti. Ya no era tiempo de monerías. Como profesional del cunnilingus, ese gesto me ofendió un poco: yo sé lo que me hago y prefiero seguir mis tiempos, así me imagino yo como supuesto experto, pero me tenías tan trastornado que cedí por esa vez, intentando satisfacer todos tus deseos.

»Estaba de nuevo ante de tu mojado esplendor y me estaba volviendo loco en consecuencia. Quería entrar con más que mis dedos, pero eso habría sido intolerable.

Rubén miró a Lucía, expectante. Los dos sabían que Rubén no habría llegado tan lejos en su fantasía. Conociéndole, se habría corrido mientras se lo imaginaba hacía un rato. Así que le tocaba a ella decidir por dónde seguirían. Sonriendo perversamente, ella negó con la cabeza, mientras agarraba la erección de su novio y se la metía en su interior. La contradicción entre su ficción y la realidad sofocó a Rubén, que a duras penas podía seguir con su historia.

—Em... empecé a lamerte y a chuparte, más descontrolado que nunca, mientras te movías contra mí, con tus manos sujetándome la cabeza. Me apretabas y me soltabas, me subías y me bajabas. Te metí los dedos, los tres más largos, y volví a tu punto G, apretándote a la vez el clítoris con la lengua, haciendo círculos enanos contra ti. Te apreté el pubis para darme más control a mí, y más presión a ti. Tú te agarraste a las sábanas para dejarme -quiero decir, dejar... Uf, para canalizar la tensión de cada músculo de tu cuerpo. No eras capaz de articular palabra, solo gemías y gemías, con tus piernas sobre mis hombros, hundiéndome en la cama. Veía cómo tu cuerpo se preparaba, ya estabas cerca, sólo existías por ese punto de placer que tenía entre mis labios. Te disparaste y gritaste, por fin liberada. Tu líquido salió a presión dentro de mi boca. Tu cuerpo se relajó y me miraste, sonriendo. Me diste las gracias, y me despediste sin miramientos. Ni siquiera me llevé un mísero billete con el que recordarte, porque los pagos, como para todo hoy en día, se harían online.

Lucía se estiró sobre Rubén y le dio un beso largo y profundo.

—Gracias, ha sido... una pasada.

—Para eso estamos —le respondió Rubén. Se sentía orgulloso de lo que había conseguido, pero triste. Había contado una historia tremenda de principio a fin, había seducido a su novia para que se sentase sobre su polla, pero al terminar la historia se acabó el juego. O eso pensaba él.

Con los labios a milímetros de su oído, Lucía le susurró a Rubén.

—¿Quieres que te cuente un secreto? Si esa historia hubiera ocurrido en la realidad, el servicio me hubiese parecido tan bueno, que te hubiese dado una propina. El problema es que nunca llevo suelto encima, como bien sabes. Así que tendría que pensar alguna otra forma de recompensarte.

Entonces Lucía volvió a los labios de su novio, deseando que ya supiesen a ella. Sus respiraciones se aceleraron. Las historias son maravillosas para iniciar el baile de seducción, pero no hay nada como la sensación de deseo en los labios del otro para avivar el fuego a partir de las ascuas de la pasión.

Rubén enredó las manos en el cabello de Lucía, mientras ella se apoyaba en sus hombros. Usándole como pivote, comenzó a moverse. Los brazos de Rubén se tensaron, apretándola contra su abdomen. Era la postura perfecta: ahora el clítoris de Lucía rozaba contra Rubén. Su excitación se aceleraba al notar el cambio del rozamiento más áspero del pubis a la suavidad de la piel del abdomen, una y otra vez.

Se enmarañaron el uno en el otro, parecía que se tocaban con cada centímetro de piel. Sentían al otro en cada célula de ese órgano infinito. Sus piernas se entrecruzaron, sus manos se aferraron a la carne del otro. Y mientras tanto, el orgasmo se cargaba. Se podía leer en sus facciones, que se arrebujaban. El placer a veces parece enfado, pero ¿quién tiene la concentración necesaria en esos instantes para darse cuenta? ¿Y a quién le importa?

Lucía siguió balanceándose sobre Rubén, cambiando el ritmo para alargar el encuentro. Se devoraban con los labios, echando la cabeza hacia atrás cuando querían disfrutar solo del placer de su conexión más profunda. Finalmente, cuando Lucía se cansó, el balanceo se volvió más intenso y esta vez no paró. Se miraron, sonrientes; llegó el momento. Lucía escondió su rostro en el cuello de Rubén y ahogó ahí un gemido prolongado. Rubén sabía bien lo que eso significaba y se unió a su pareja para el fogonazo final. No podía evitar la llamarada de excitación que le provocaba escuchar a su novia correrse con él. Llegó, aferrado a ella, oliendo su pelo y el ligero toque a sudor que ahora se mezclaba entre sus mechones.

Se quedaron así unos minutos, disfrutando del contacto del otro.

—No me has dejado hacer realidad mi fantasía —dijo Rubén, mientras acariciaba la espalda de Lucía.

—Son las doce de la mañana de un domingo, y llueve –respondió ella—. Aún queda mucho día por delante.

Le guiñó un ojo mientras se levantaba con cuidado, corriendo hasta la mesita del salón a coger un clínex para no manchar el suelo. Se limpió con cuidado mientras Rubén la observaba. Clic: guardó la imagen de su novia en su mente.

Aún estaba vestida, y Rubén sintió una pequeña decepción al no poder disfrutar de su cuerpo desnudo. Nota mental: esa noche la iba a desnudar y recorrería cada centímetro de su piel para salvar no solo una imagen del cuerpo de su amada, sino un recuerdo táctil, una cata de su piel. Como una experiencia multisensorial, pero en privado.

Lucía notó que la observaba y le sonrió, confusa por la intensidad de su mirada.

—Vamos al sofá otra vez, anda, que es más cómodo. ¿Te apetece que veamos alguna peli juntos? Me comentan que ahora lo llaman '*Netflix & chill*'.

¿Quieres seguir apoyando a Clementine Lips?

Clementine está a punto de publicar su siguiente libro. ¡Sí, has leído bien! Pero este es algo diferente: se trata de un **ensayo**, no un libro de relatos, y se llama *A volantazos: sexualidad femenina en las series*. Seas o no aficionado a la (pequeña) pantalla, este libro te va a encantar.

En las páginas de *A volantazos* te adentrarás en el **impacto de las series modernas** en la forma en que construimos nuestra sexualidad individual, y las **implicaciones tanto políticas como personales que esto conlleva**. ¿Están estas series contribuyendo a una sexualidad femenina libre o están perpetuando antiguos estereotipos y limitaciones? Hablaremos de placer femenino, de *Sex Education*, de responsabilidad emocional, de *Bridgerton*, de qué tipos de mujeres aparecen en pantalla, y de *Euphoria*, entre otras cosas.

A volantazos. Sexualidad femenina en las series te desafiará a **reflexionar sobre tu propia sexualidad** y los mensajes que consumes. A través de estas páginas, despertarás tu espíritu crítico y obtendrás una mayor claridad sobre tus deseos y relaciones sexuales.

Pero para poder tenerlo entre tus manos, **Clementine necesita tu apoyo**. Si quieres contribuir a hacerlo realidad puedes visitar libros.com, y buscar *A volantazos: sexualidad femenina en las series* para aportar tu granito de arena, o visitar este link directamente https://libros.com/go/eQGnfkm.

Juntas podemos crear un mundo lleno de placer para todas y todos. Muchas gracias.

Agradecimientos

Gracias a todas las personas que me han acompañado en el largo trayecto hasta publicar este libro. No ha sido fácil y los altibajos casi me hacen perder la esperanza de sacarlo algún día. Sin embargo, en cada día malo recibía los cumplidos de alguna persona que se había sentido identificada con mis relatos, que los leía y estaba ansiosa por que sacase el siguiente, que me animaba a seguir. Esta lista de personas sería demasiado larga para enumerarlas aquí. Desde aquellas que leían los relatos que iba colgando de forma gratuita a pesar de que estaban en inglés, hasta las que me mandabais mensajes halagadores, o aquellas que incluso me promocionabais. A todas os doy las gracias, ha significado mucho para mí.

Sin embargo, sí hay algunas personas que, por sus aportes continuos, querría mencionar. Gracias a Manu, que ha estado empujándome a seguir, a propósito y sin querer. Gracias porque también me recordaba que hay que descansar para volver con más fuerza. Gracias por apoyarme cuando las cosas en el trabajo me nublaban la vista y perdía la fuerza para escribir.

Gracias a Jaume Antón Maldonado también, que ha sido una gran ayuda con todas las ediciones y reediciones, que me ha brindado muchas oportunidades que espero salgan a fruición en breve, y que me ha enseñado muchas cosas del mundo de la escritura. Gracias por soportar mis altibajos, mis rayadas y dilemas. Y gracias también por presentarme a Rubén, que me ha ayudado a montar la web con la que andaba tan perdida.

Gracias a mis amigas por animarme a cada paso y creer en mi valía como escritora, por aplaudirme cuando conseguía mis metas, por pequeñas que fuesen. Su comprensión ha sido indispensable para entender que se puede ser más de lo que nos marca nuestra formación y que perseguir nuestros sueños no está mal.

Gracias a mi grupo de escritores de erótica por las risas, los consejos, los sinónimos (muy importante) y la imparcialidad.

Y, finalmente, gracias a todas las personas que compréis este libro porque me lleváis un paso más cerca de mi objetivo vital. Con cada lectura sonreiré un poco más.

Acerca de la autora

Clementine Lips (Madrid, 1995) es una escritora de erótica feminista de origen anglo-hispano. Clementine (Clem para las amigas) escribe historias centradas en el placer femenino, invitándonos a dejar atrás la vergüenza alrededor del sexo y de nuestros cuerpos para aventurarnos en el autodescubrimiento. Se centra en el deseo de las mujeres: qué quieren en la cama y cómo lo consiguen. Clementine quiere retratar ejemplos de mujeres empoderadas para ayudar en el camino hacia una sociedad dónde seamos libres de explorar nuestra sexualidad sin sentirnos ni "putas" ni "santas".

El objetivo de Clem es crear una colección de relatos y novelas eróticas feministas para todas las mujeres que están buscando una forma de erotizarse sin tener que empañar las gafas moradas de rabia. Se acabaron la vergüenza, la pasividad y la coacción. Se acabó el mirar hacia otro lado cuando nos encontramos algo que nos irrita al leer erótica. Sus historias son un entorno seguro alrededor del sexo para nosotras (y los hombres que ven en violeta) para contribuir a nuestro camino hacia la reconquista de nuestro placer y nuestros coños.

Otras obras de la autora

Cerezas y melocotones
Si te ha gustado *Papayas y plátanos*, te encantará Cerezas y melocotones, la segunda parte de la colección *Afrodisiacos* a la cual este libro forma parte también.

En esta colección, Clem recopila una serie de relatos lésbicos, creados en paralelo a los relatos heterosexuales que has leído entre estas páginas. Te podrás zambullir en un lago repleto de ninfas, asistir a la creación de un piercing ardiente, y otear París desde un tejado iluminado a duras penas por las estrellas, entre otras cosas, siempre de la mano de protagonistas que se exploran y se descubren a través del sexo.

¿Qué hay más bonito que ver a otra mujer disfrutar y conocerse? Descúbrete tú también con Cerezas y melocotones, el nuevo lanzamiento de Clementine Lips. Puedes encontrarla en el mismo canal donde compraste *Papayas y plátanos*.

Bajo la piel
Esta antología es una recopilación de relatos eróticos de personas escritoras autopublicadas que, de manera desinteresada, han reunido textos de índole heterosexual, lésbica, gay, BDSM y vainilla, para lectores y lectoras con deseos de conocer una erótica plural y diversa.

La finalidad de este libro es recaudar fondos para organizaciones sin ánimo de lucro dirigidas a promover e impulsar más actividades, asesoramiento y orientación en sexualidad y ayudar a los y las profesionales en sexología que forman parte de tales organizaciones a implementar una educación sexual de calidad.

Cada persona ha aportado parte de su personalidad a esta colección a través de la escritura de los relatos. Esto da la oportunidad a quien lee este libro de poder disfrutar de la lectura de textos tremendamente distintos, con tramas originales, creativas, en torno a diferentes personajes, y de zambullirse de lleno en historias diversas sin aburrirse jamás.

Os invitamos a descubriros a través de esta serie de relatos eróticos, porque cuando un proyecto como este se hace con cariño, con respeto a la diversidad y al placer de todas las personas representadas entre la tinta, se consigue traspasar más allá del papel de los libros físicos y las pantallas de los libros electrónicos. Una nueva sexualidad es posible y tú puedes sumar tu granito de arena con este libro.

Relatos nada clásicos

Relatos nada clásicos, acompañados con unos Clásicos nada visibles, constituyen la segunda convocatoria de Ménades Editorial de textos que ofrezcan puntos de vista muy distintos sobre los tópicos literarios que han venido conformando el canon.

Tras Relatos nada sexis, centrados en las relaciones sexoafectivas, este libro recoge un buen puñado de historias de la mitología grecolatina y nos las muestra bien rescatando mitos que apenas nos han llegado como un susurro, o bien versionándolos, dando como resultado esta antología, tan interesante como entretenida y que, por si eso fuera poco, nos hará también reflexionar de la mano de sus (múltiples) autoras.

Obras venideras

Clem está trabajando actualmente en tres grandes proyectos, aunque probablemente vayan apareciendo más desde que compres este libro.

El primer proyecto es un **ensayo** sobre la **representación de la sexualidad femenina en las series**. Clem usa series modernas, como *Élite* o *Sexo/Vida*, para ilustrar cómo el discurso en torno a la sexualidad femenina ha avanzado, pero tampoco tanto. En este libro podrás

reflexionar sobre los mensajes, buenos y malos, que te ha mandado la televisión en torno a tu sexualidad, y comenzar a liberarte de los pensamientos subconscientes que la dominan. Si quieres leer este libro, visita este link para poder **aportar tu granito de arena** y hacer el ensayo realidad: https://libros.com/go/eQGnfkm.

El segundo, es una **novela** donde explorará los diferentes significados que tiene el sexo y el efecto que puede tener éste en la vida de los protagonistas de la historia, un grupo de jóvenes artistas que pretenden crear un proyecto audiovisual que cambie el paradigma del material erótico de la sociedad.

El tercer proyecto será de nuevo una **colección de relatos** breves, esta vez centrados no en la orientación sexual representada, sino en la práctica que se realiza: la MASTURBACIÓN FEMENINA. Pocas veces habrás visto esta clave del autoconocimiento de las mujeres representada en películas, series o libros. Tampoco se ve demasiado el equivalente masculino, a no ser que nos quieran hacer reír. Pero la masturbación femenina no debería ser secreta, tabú, invisible... Por eso Clem quiere recoger diferentes formas de practicarla, y así entender mejor qué nos aporta esta exploración que, aunque solitaria, es tremendamente placentera.

Si no quieres perderte ninguna novedad, puedes suscribirte a la **newsletter** de Clem a través de su web, clementinelips.com. Así te llevarás un **relato extra grati**s, y además pasarás a formar parte directamente de sorteos cuando saque libro nuevo.

También puedes seguirla en redes sociales. En Instagram la encontrarás como @clementine_lips.

Don't miss out!

Visit the website below and you can sign up to receive emails whenever Clementine Lips publishes a new book. There's no charge and no obligation.

https://books2read.com/r/B-A-FBEL-MOEJB

BOOKS 2 READ

Connecting independent readers to independent writers.